물리적으로 고립된 나의 고교생활

고립된

나의 고교

My Highschool Life is Phisically Isolated.

5 five

하구레 나리히라
고등학교 2학년생. 1m 이내의 인간에게서 체력을 빼앗아 흡수하는 통칭 '드레인' 능력을 가졌다.

타카와시 엔쥬
나리히라와 같은 반이며 동맹 관계. 다른 사람과 3초간 시선을 맞추면 본심이 전광게시판에 표시되어 버리는 통칭 '마음속 오픈' 능력을 가졌다.

아야메이케 아이카
나리히라와 다른 반이며 친구. 타인의 호감도를 20배 증폭시키는 통칭 '매혹화' 능력을 가졌다.

타츠타가와 에리아스
나리히라의 소꿉친구로 학생회 부회장, 나리히라를 라이벌시. 물을 정화하는 통칭 '순수 조작' 능력을 가졌다.

시오노미야 란란
나리히라의 반에 온 전학생. 물어보면 뭐든 대답해주는 통칭 '메이드장'을 불러내는 능력을 가졌다.

이신덴 사아야
나리히라와 같은 반. 어린 소녀나 어른스러운 누님으로 변할 수 있는 통칭 '사이즈 변환' 능력을 가졌다.

다이후쿠 보쿠젠
고등학교 2학년생. 학생회 서기. 까마귀와 텔레파시로 의사소통할 수 있는 통칭 '까막스피크' 능력을 가졌다.

아사쿠마 시즈쿠
고등학교 1학년생, 남성 공포증. 긴장하면 타인에게 모습이 보이지 않게 되는 통칭 '강제 카멜레온' 능력을 가졌다.

보조 쿄코
나리히라 반의 담임, 세계사 교사. 이능력자가 아닌 일반인. 절찬 결혼 활동 중.

모리 타키 세츠 지음

Mika Pikazo 일러스트

eXtreme novel

프롤로그

신칸센은 별로 흔들리지 않았다.

역시 천하의 신칸센이다. 심지어 나는 그중 네 자리를 독점하고 있었다. 우등석과는 비교도 되지 않았다. 석유왕 수준만이 누릴 수 있는 사치였다. 그야말로 이 세상의 봄…이라고 생각할 수 있을 리가 없었다.

저쪽에서는 같은 반 학생들의 담소가 들려왔다.

당연했다. 수학여행을 떠나는 신칸센이니까…. 그렇지 않다면 승객의 옷이 거의 다 교복으로 통일되어 있을 리가 없다.

신칸센은 도쿄를 떠나 교토로 향하고 있었다.

나는 화장실과 가장 가까운 통로 측 좌석에 우두커니 앉아 있었다. 대각선 앞쪽에는 쥐색 자동문만이 서 있었다. 적어도 사람의 모습을 시야에 담고 싶다. 좌석이 너무 앞이라서 문 위에 흘러가는 뉴스 글자조차 읽을 수 없었다.

이렇게 된 것은 말할 것도 없이 드레인 때문이었다.

조 편성 때 노지마네가 같은 조를 하자고 먼저 제안해 주면서 외톨이 타개를 향한 커다란 한 걸음을 내디딘 줄 알았으나… 어차피 옆자리에 앉아서 갈 수 없다는 것을 잊고 있었다.

뒤쪽에서 "아! 후지산!" 하고 외치는 목소리가 들렸다. 그리고 촬영하는 소리가 울렸다. '찰칵!' 하는 그 소리 말이다.

나왔구나. 후지산에 반응하는 전형적인 녀석. 어린애처럼 좋아하기는.

응.

지극히 평범하게 다 같이 꺅꺅거리고 싶어!

나도 꺅꺅거리고 싶어!

초등학교 수학여행 때는 이미 드레인에 눈뜬 상태였으니까…. 중학교 수학여행 정도는 아니었지만 초등학생 때도 그다지 즐기지 못했다….

무슨 말을 하고 싶은 것이냐면 나는 살면서 수학여행을 순수하게 즐긴 적이 한 번도 없었다.

사업에 실패했다면 이론상 재도전도 가능하다.

설령 어렵더라도 절대 불가능한 일은 아니다.

하지만 대학생에게도 사회인에게도 수학여행을 떠날 기회는 없다!

인생에서 이번이 끝이다! 마지막 기회다! 진짜로 즐기고 싶어!

진정하자, 진정하자….

그저 혼자 우두커니 앉아 있을 뿐이니까 다른 사람들의 눈에는 차분해 보이겠지만.

2박 3일의 수학여행 가운데 초반 중의 초반. 야구로 말하자면 아직 1회 초다.

그런 초반부터 이미 7점 정도 점수를 내주고 크게 열세에 몰린 듯한 기분인데 앞으로 만회할 수 있을까…. 벌써부터 마음이 아프다….

참고로 통로를 사이에 두고 반대쪽 3인석에서는 담임인 보죠 선생님이 창가석에서 자고 있었다. 반대쪽은 선생님이었다. 학생조차 아니었다.

근데 벌써 주무시는 건가요. 일단은 인솔 책임이 있으니 지금도 근무 시간일 것 같은데 그래도 되는 건가….

우리 조원들은 바로 뒤쪽 4인 박스석과 그 반대편에 있었다. 내가 있어서 한 칸씩 밀려났다.

그때, LINE 알림이 왔다.

아이카가 보낸 것인가 싶어서 심장이 크게 뛰었다.

그 일이 있었기에 자연스럽게 기대치가 올라간 상태였다.

[고속으로 이동하는 신칸센은 그레 군을 귀양 보내는 것 같아.]

문면을 본 순간, 타카와시가 보낸 것임을 알았다.

참고로 타카와시는 내 뒤쪽 좌석의 대각선 자리에 있었다. 나를 감시하고 있을 것이다.

[표현을 바꿔.]

[그럼 귀양이 아니라 유배.]

[한자어로 바꿨을 뿐이잖아!]

이 녀석, 다 알면서 일부러 그러는 걸 거야!

하지만 나도 보복에 나섰다. 계속 당하기만 하면 얕보일 테니 말이지.

[문 위에 뉴스가 흘러가는 부분을 보니까 마음속 오픈이 떠올랐어.]

타카와시의 마음의 소리 대신 시사 뉴스가 흐르는 모습이 머릿속에 떠올랐다. '새끼 판다 쑥쑥 성장. 예상을 웃도는 관람객이 방문' 같은 글자가 마음속 오픈으로 표시되는 것이다.

상당히 맥 빠지는 그림이었다. 의외로 편리할지도 모른다.

직후, 도발하는 이모티콘이 왔다.

다시 같은 계통의 이모티콘이 왔다.

또 짜증 나게 생긴 캐릭터 이모티콘!

이 녀석, 도발하는 짤방을 얼마나 풍부하게 가지고 있는 거야!

[슬슬 **미션**을 수행해. 혼자서 멍하니 후지산을 보고 있으니까 죄인을 호송하는 느낌이 드는 거야.]

응, 끽소리도 못 할 정론이었다.

나는 요전번에 타카와시에게 수학여행 중에 수행할 미션을 받았다.

타카와시가 말하길, 내가 인간적으로 성장하기 위해 필요한 일이라고 했다. 마음이 담기지 않은 목소리로 말했지만 1할 정도는 진심도 섞여 있을지 모른다.

덧붙여 아이카와 관련된 미션은 아니었다.

하지만 연결 고리는 있었다. 사실 타카와시에게 받은 미션보다 아이카 문제가 훨씬 더 중요했다. 그건 타카와시도 인식하고 있을 것이다. 타카와시에게 미션을 받은 것도 아이카 관련으로 상담했을 때였고.

아이카에게 그런 말을 듣고 아무렇지도 않게 오늘을 맞이할 수 있을 리가 없었다. 그런 남자는 어디에도 없다고 믿고 싶다. 그도 그럴 것이.

'자유행동 시간에 둘이서 교토를 돌아보지 않을래요?'

라는 말을 들었다고.

도저히 혼자 감당할 수 있는 문제가 아니었다.

그렇다고 아무한테나 이야기할 수 있는 문제도 아니었다.

결국 슬프게도 이야기할 수 있는 사람은 타카와시뿐이었다.

친구에게는 이야기할 수 없어도 동맹자에게라면 이야기할
수 있는 일이 세상에는 있었다.

물리적으로 고립된 나의 고교생활

1 일반인이라면 의식하지 않고 할 수 있는 일이 외톨이에게는 대모험이기도 하지

　아이카에게 함께 교토를 돌아보자는 말을 들은 다음 날.

　1교시가 시작되기 전, 나는 사람이 거의 오지 않는 5층 복도로 타카와시를 불러냈다.

　직접 만나서 이야기할 수밖에 없는 내용이었고, 만약 그룹 채팅방에 메시지를 잘못 보내서 시오노미야나 아이카 본인에게도 메시지가 가게 되면 진짜로 할복 작법을 연구하게 될지도 모른다.

　"그런 고로 수학여행 때 같이 돌아다니자는 제안을 아이카에게 받았는데… 어쩌면 좋을까?"

　팔짱을 끼고서 가만히 듣고 있던 타카와시에게 물었다.

　내가 생각하기에도 쭈뼛거리는 목소리였다. 한심하다는 것은 잘 알고 있다. 하지만 이런 상황에서 쩔쩔매지 않을 만한 인생 경험이 없었다. 애초에 쩔쩔맬 만한 사태가 발생했기에 상담하는 것이었다.

"우와, 세계 3대 재수 없는 상담 중 하나인 남녀 문제 상담이잖아."

답변자의 첫마디가 이것이었다.

역시 나는 상담할 상대를 잘못 고른 걸까….

"남녀 문제라는 건 어폐가 있어. 그보다 너, 알고서 말하는 거지!"

타카와시를 보고 불평했다. 마음속 오픈 때문에 타카와시는 고개를 숙이고 있어서 시선은 마주치지 않았다.

이럴 때 정도는 마음의 소리가 표시되어도 무해할 것 같지만, 아마도 '재수 없어'라는 문자열이 흘러서 내 마음이 멋대로 대미지를 받을 테니 이대로 진행하기로 하자.

이럴 때 동성 친구에게 상담하면 야유를 받겠지만 타카와시는 우롱하는 느낌이었다. 그래도 상담할 수 있는 동맹자가 있다는 것에 나는 감사하고 싶다. 여태까지는 그런 존재조차 없었다. 나의 감사가 타카와시에게 전달될지는 또 다른 문제지만.

"그 전에 그레 군, 아야메이케에게 뭐라고 대답했어? 그러자고 안 했어?"

타카와시의 시선이 한순간 힐끔 올라왔다.

역시 이 녀석은 핵심을 찌르는구나.

"그게… 조별 행동과 조정해야 하니까 조금만 기다려 달라고 했어….”

그렇게 말할 수밖에 없었다. ‘기꺼이!’라고 대답하면 너무 덥석 받아들이는 것 같고.

아이카도 ‘그렇죠. 그럼 대답을 기다릴게요!’ 하고 간단히 납득해 주었다. 그렇기에 지금 나는 타카와시에게 상담할 수 있었다.

“하아…. 남자답지 못한 것도 유분수지. 이 별의 생명체라고 할 수 없는 수준의 얼간이야. 얼간이별 사람이야.”

매도가 우주 규모가 되었다. 다만 얼간이라고 하면 부정할 수도 없었다. 내가 느끼기에도 그랬다…. 만약 이 지구에 숨어든 화성인이 보더라도 나를 얼간이라고 생각했을 것이다.

타카와시는 팔짱을 풀고 양손을 허리에 얹었다.

“하지만 변명으로서는 비교적 괜찮네. 조별 행동이 이미 정해져 있다는 건 그럴듯한 이유니까.”

“그렇지? 그렇지?”

설마 평가받을 줄은 몰랐기에 조금 기뻐졌다. 내가 생각하기에도 단순했다.

“그건 그렇고, 결국 남녀 문제 상담이잖아. 우주 3대 재수 없는 상담 중 하나잖아.”

“우주로 격상시키지 마. 그리고 그런 게 아니라고 했잖아.”

그러나 내 항의를 타카와시는 간단히 흘려버렸다.

"하지만 그레 군, 어쩌면 잘될지도 모른다고 기대하고 있지? 그래서 어쩌면 좋을지 상담하러 온 거지? '공기 청정기를 사려고 하는데 어떤 게 좋을까?' 같은 상담과는 의미가 다르지?"

"그건, 뭐, 그렇지만…."

인간관계에 관한 상담이라는 것은 틀림없었다.

그래서 우정이니 애정이니 연애니 하는 개념은 떼려야 뗄 수 없었다.

"그럼 내가 제안 하나 할게. 수학여행 셋째 날에 둘이서 돌아다녀. 자유행동 시간이 긴 학교라서 다행이네. 장소는 어디든 좋아."

바보 취급한 후에 구체적인 조언도 해 주는 것이 타카와시의 방식이었다.

조언 없이 바보 취급만 했다면 애초에 상담하지 않았다. 이러니저러니 해도 좋은 녀석이었다. …좋은 녀석일까? 응, 좋은 녀석, 좋은 녀석.

또한 세이고의 수학여행은 낮에는 전부 자유행동이었고, 마지막 날인 셋째 날도 저녁 무렵 교토 역에 집합할 때까지 어딜 가든 좋았다.

자유를 중시하는 학풍이라서 그런 것은 아니었다.

이능력자 고등학교라서 애초에 단체 행동에 적합하지 않았다.

그 대표 격이 나였다.

자유행동이라고 해도 볼 만한 장소가 어느 정도 한정되는 토지라면 결국 다들 목적지가 겹치지만, 교토는 관광지가 얼마든지 있고, 둘째 날이나 셋째 날에 전철을 타고 오사카나 나라에도 문제없이 갈 수 있었다. 그 점은 자유행동의 가치가 높았다.

유일한 난점이라면 나처럼 중학생 때도 교토로 수학여행을 갔던 녀석이 있다는 것이지만….

그건 넘어가더라도.

"왜 셋째 날로 한정하는 거야?"

"수학여행은 사흘밖에 없다고도 할 수 있고 사흘이나 있다고도 할 수 있어. 이를테면 그레 군의 중학생 때 수학여행은 필시 길게 느껴졌…."

"중학생 때 수학여행 얘기는 진짜 하지 마."

너무 비참해서 개그 소재조차 되지 않았다. 진짜 떠올리게 하지 않았으면 좋겠다.

"만약 첫날부터 둘이서 돌아다녔다가 분위기가 이상해지면 힘들잖아. 남은 이틀이 또 엄청나게 길게 느껴질 거야."

"확실히 그러네…."

어색해질 것을 전제로 한 소극적인 아이디어지만 무슨 일이든 보험은 중요했다.

최초이자 최후인 고등학교 수학여행, 컨티뉴는 불가능하다.

"그리고 첫날은 교토역에서 학생이 분산되니까 거기서 조와 떨어져 둘이 돌아다니는 건 너무 눈에 띄고, 목적지가 겹칠 확률도 사흘 중에 가장 높아. 온정으로 그레 군과 같은 조가 되어 준 노지마 군에게도 실례야. 모처럼 생긴 기회니까 그쪽도 즐겨야지."

온정이라는 표현은 마음에 들지 않지만 의미는 이해했다.

타카와시의 좋은 점은 아무리 사소한 일이더라도 최대한 논리적으로 이야기해 주는 것이었다. 그래서 나도 바로 납득이 갔다.

이러니저러니 해도 타카와시에게 상담하길 잘했다. 눈은 마주 볼 수 없어도 진지하게 생각해 준다는 것은 나도 알고 있었다.

"그리고 아야메이케는 같은 반 친구도 그런대로 있잖아. 첫날부터 따로 행동한다고 말하기 어려울 거야."

그렇구나. 셋째 날이 가장 안전하다는 것은 잘 알았다.

"고마워. 네가 동맹자라 다행이야. 진지하면서 구체적인 조언이었어."

나는 순순히 타카와시에게 감사했다.

솔직히 위험성도 생각하고 있었다. 타카와시에게 상담하는 것은 양날의 검 같은 부분이 있었다. 내 약점이 축적되면 나중에 입장이 점점 불리해지니까….

하지만 그것은 기우였다.

동맹자를 짓밟는 짓은 타카와시도 하지 않….

"이건 그레 군만의 문제가 아닌걸. 아야메이케의 수학여행을 암울한 추억으로 만들 만큼 난 악마가 아니야."

"나만의 문제였다면 암울한 추억이 되든 말든 상관없다는 말로도 들리는데."

"나한테 상담했다는 건 그 정도 각오는 있었다는 거잖아? 아니라면 상담할 수 없었겠지."

아주 당연하다는 듯 타카와시가 아무렇지도 않게 말했다.

"너, 자기 평가가 이상해…."

그거, 자신이 악마처럼 무서운 존재라고 인정하는 거잖아. 하지만 타카와시라면 자신이 얼마나 무서운 존재인지 당연히 파악하고 있으려나.

그래도 상담한 가치는 있었다. 아이카와의 행동이 셋째 날로 좁혀졌다.

"참고로 묻겠는데…."

내가 다시 한번 고맙다고 인사하고 떠나려 하자 타카와시가 말했다.

다만 말에 가시가 없었다. 표정도 그다지 뾰족하지 않았다.

"흠, 크흠!"

숨을 고르듯 타카와시는 어딘가 작위적으로 헛기침을 했다.

단적으로 말해서 타카와시가 조심스러워할 만한 상황이 무엇일지 생각나지 않았다.

"만약에, 혹시 1억 년에 한 번 일어날 만한 기적이 일어난다면 말이야."

"적어도 인류가 등장한 뒤로 한 번쯤은 일어날 만한 숫자로 해 줘…. 뭐, 좋아. 계속 말해 봐."

타카와시는 오른손을 뺨에 대고서 뭔가 생각하는 것 같더니 이렇게 중얼거렸다.

"…아야메이케가 고백하면 어떻게 할지 생각해 뒀어?"

"흐어어억?!"

이상한 목소리가 튀어나왔다.

"그런 건 왜 물어봐…?"

무의식중에 질문에 질문으로 대답하여 도망치려고 했다.

"그야 당연히 물어봐야지. 그 부분을 어물쩍 넘어가면 실제 상황이 닥쳤을 때 패닉에 빠질 거야…. 흑역사가 더욱 짙어질걸?"

"모르겠어…. 알 수 있을 리가 없잖아…."

나도 말이 어눌해졌다. 여기서 당당하게 굴 수 있는 외톨이는 없겠지만.

그러나 타카와시치고 에둘러서 물어본 이유를 알았다.

이것은 친구를 넘어선 차원의 호의에 관한 화제였다. 그야말로 남녀 사이에 관한 이야기이므로 타카와시도 신경을 쓴 거겠지.

정말로 부끄러운 것을 물어보듯 타카와시가 다소 얼굴을 붉히고 있었다.

이런 상황에서 할 생각은 진짜 아니지만 그 모습이 풋풋했다. 그런 말을 실제로 할 생각은 전혀 없고, 말하면 분명 뭔가 제재가 가해질 것이다.

그리고 일단은 내 견해를 밝혀야 했다.

"하, 하지만, 같이 돌아다니자는 걸 보면 최소한 날 개자식이라고 생각하진 않을 테니까, 가능성이 전혀 없진 않을 거라고 믿고 싶어…."

"가능성이 전혀 없진 않겠지. 1억 년에 한 번 일어나는 기적이 일어날지도 모르잖아."

그렇게까지 확률이 낮다면 가능성이 전혀 없다고 해도 되지 않을까?

"아무튼 그레 군이 정말 아무런 준비도 안 하고 있는 걸 알게 돼서 오히려 재미있어졌어."

왜 거기서 웃는 거야?

그리고 그거, 확실하게 업신여기는 웃음이지?

"그 모습을 보니 그레 군은 아야메이케에게 고백할 마음이 전혀 없나 보네. 외톨이의 면목약여*라고 해야 할까."

※면목약여(面目躍如) : 세상의 평가나 지위에 걸맞게 활약하는 모양.

면목약여의 사용법이 이상했다. 하지만.

"고백할 예정? 있을 리가 없지. 그럴 의도도 없어."

즉답해 버리는 자신이 또 슬펐다.

"인관연이 크게 바뀔 만한 짓은 안 해."

자연스럽게 양손을 움켜쥐고 있었다.

작년까지 나는 이능력자들만 다니는 세이고에서도 줄곧 아웃사이더였다.

어디 있어도 마음이 편하지 않았고, 혼자 의자에 앉아 있기만 해도 어째서인지 죄책감이 들었다.

친구가 없어서 어색하다고 학교를 땡땡이칠 수도 없었다. 친구가 없는 고등학교에 매일매일 등교했다. 솔직히 공부보다도 그 사실이 몇 배는 더 힘들었다.

그랬던 것이 마침내 올해, 인관연이라는 '장소'가 생겨났다.

타카와시가 별생각 없이 말한 인간관계 연구회라는 수상쩍은 이름 덕분에. 그야말로 진실이 된 거짓이었다.

친구를 잘 만들지 못하는 녀석에게 이렇게 좋은 환경이 생기는 것은 기적이었다. 그래서 정말로 소중했다.

하물며 이것은 나만의 것이 아니었다.

타카와시에게도 시오노미야에게도, 물론 아이카에게도 인관연은 소중한 곳이다.

인관연을 망가뜨릴지도 모르는 행동을 할 수는 없었다.

한동안 기묘한 침묵이 5층 복도를 지배했다.

똑똑한 타카와시라면 내가 어떤 마음으로 말했는지 대충 이해했을 것이다.

"그런가. 그것도 그러네. 1억 년에 한 번이라는 낮은 확률에 도박할 만큼 그레 군의 성적은 낮지 않지."

1억 년이라는 말을 반복해서 그 숫자를 근거 있는 데이터처럼 만들지 마.

아무리 낮아도 천 년에 한 번쯤은 된다고. 아마도….

"응. 그리고… 지금은 반에서 동성 친구를 만드는 것만으로도 벅차…."

"아아… 수학여행의 목적은 그쪽이었지, 참….""

너무 기본적인 문제라 타카와시도 잊어버렸던 모양이다.

나는 숙소에서 보내는 수학여행 시간을 어떻게 극복할지 오랫동안 검토하고 있었다.

나도 예전에 러브 코미디물을 한두 작품 봤지만, 주인공이 너무 축복받은 환경에 있어서 한 번도 감정을 이입하지 못했다.

어째서 이 녀석들은 동성 친구가 기본으로 있는 거야?

웃기지 말라고! 나는 동성 친구가 없는 것에서 출발이란 말이다! 너희의 출발선에조차 도달하지 못했어! 어떻게 하면 동성 친구를 만들 수 있을지 고민 한번 한 적 없는 녀석의 사랑 고민 따위 알 게 뭐야! 배고파 죽을 것 같은데 '초밥이랑 스테이크 중에 뭘 더 좋아해?'라고 질문받은 기분이야!

이런, 나도 모르게 속으로 흥분하고 말았다….

하지만 그 정도로 동성 친구가 기본으로 있는 설정을 이해할 수 없었던 것은 사실이었다. 나처럼 동성 친구조차 없는 녀석은 사회의 소수파이니 어찌 되든 좋다는 말을 들은 기분이었다.

"알겠어. 동성 친구 쪽은 그쪽대로 어드바… 미션을 줄게."

"어이, 충고가 느닷없이 사명으로 격상되지 않았어…?"

어느새 거절할 권리를 박탈당한 것 같다.

"마음이 약한 인간은 마음부터 단련해야 해. 도망칠 구실을 주면 한없이 도망치니까. 이것도 그레 군을 위한 일이야. 광의적인 배려야."

왜 이 녀석은 트위터에 올리면 즉각 논란이 될 만한 말을 이렇게 잘 떠올리는 걸까…?

나쁜 성격과 방해되는 이능력을 제외하면 기본적으로 인생 승리자 측이라 승리자 기준의 편견이라도 가지고 있는 걸까.

다만 그렇게 주어진 미션은 제법 건실했다.

"동성 친구와 수학여행을 즐겨. 그래, 일단은 가는 길에 신칸센에서 과자라도 교환해 보는 게 어때?"

과자 교환, 다소 용기가 필요하지만 불가능하지는 않은 라인이었다.

"알겠어. 그럴게. 이견은 없어."

나도 간단히 동의했다.

"하지만 그렇게 되면 나도 동맹자에게 미션을 줘도 되는 거지?"

"그레 군이 정할 바에야 내가 정해. 그레 군은 그냥 승인만 해."

"어이! 그건 불평등 조약이잖아! 대등해져야지!"

"지금부터 혀를 차겠습니다~ 쯧."

평범하게 짜증났으나 어떤 의미에서 본래 타카와시라고도 할 수 있었다.

그리고 나도 미션을 줘도 될 것 같았다.

경우에 따라서는 즉각 기각될 듯하지만.

"같은 조원인 이신덴, 시오노미야, 에리아스를 제외하고 같은 반 인간 열 명 이상에게 수학여행 첫날부터 말을 건다. 어때?"

열 명이면 친하지도 않은 상대에게 뭐라고 말을 붙여야 할 필요가 발생한다. 난이도도 무난할 것이다.

"열 명 말이지? 그 정도라면 못 할 것도 없겠네."

타카와시도 받아들였다. 특별히 오래 생각하지도 않고 승낙했는데 자신이 있는 걸까? 이신덴의 교우 관계를 이용하여 친구의 친구에게 말을 거는 작전이라도 생각하는 건가?

이야기가 생각보다 길어져서 종이 울릴 시간이 되었다.

"슬슬 돌아가지 않으면 수업 시작하겠다."

"알고 있어. 오히려 딱 알맞은 시간이 될 때까지 기다린 거야. 3분 전쯤에 돌아가면 시간이 남아돌 테니까."

"그건, 무슨 말인지 잘 알 것 같아…."

누군가와 수다를 떨 때의 쉬는 시간과 혼자서 가만히 보내는 쉬는 시간은 분명 길이가 다르다. 느끼는 방식의 문제라고는 도저히 생각할 수 없었다.

이동 거리는 뻔했다. 지금 이동하면 문제없을 터다.

나는 먼저 계단을 내려갔다.

그 뒤를 타카와시가 2m는 떨어져서 따라왔다. 타카와시의 발소리가 들렸다.

층계참을 지났을 때, 뒤따라오던 타카와시가 이런 말을 했다.

"그럼 만약 아야메이케 쪽에서 고백하면 그레 군은 숙고할 거란 거구나."

나는 뒤를 돌아보았다.

역시 교실과 떨어져 있는 탓인지 조용했다. 타카와시의 목소리가 잘 들렸다.

감정을 읽기 힘든 타카와시의 얼굴이 있었다.

시선도 마주쳤기에 곧장 고개를 돌렸다.

지금 마음속 오픈이 발동하면 타카와시는 한동안 교실에 들어갈 수 없게 된다.

여섯 계단 차이. 타카와시는 층계참에 있었다. 가까운 듯하면서 그런대로 먼 거리였다.

"그런 일이 현실에 일어난다면 말이야. 1억 년에 한 번이라고 말한 건 너야."

말은 쉽게 나왔다. 대부분의 남자는 여자에게 고백받으면 그런대로 진지하게 생각할 것이다. 일반론이었다.

"…일어날 리가 없지."

타카와시의 말이 평소보다 더 비정하게 울렸다.

"일일이 말하지 마…."

"나보다 먼저 그레 군이 연애 문제에까지 머리를 들이밀면 그건 나에 대한 모독과 같아. 내가 연애한 뒤에 사귀든 차이든 해."

"어차피 나한테 여자 친구가 생길 일은 없다고 바보 취급하고 있는 거지?"

"못난 놈은 잘난 놈을 따르라고 공자도 말했잖아."

"그거, 상당한 곡해와 악의가 들어갔어!"

공자가 그런 표현을 썼다면 아무도 제자가 되지 않았을 것이다.

문득 신경 쓰이는 점이 머릿속을 스쳤다. 이야기 흐름상 지금이라면 물어봐도 괜찮을 것 같았다.

"그보다 타카와시, 너는 남자 친구 사귀고 싶어?"

좋아하는 사람이 있냐고 물어보면 분명 '나 자신'이라고 대답할 테니 이렇게 물었다. 그리고 실제로 짝사랑하는 상대는 없을 것이다. 그런 기색은 조금도 보여 준 적이 없었다.

타카와시는 한동안 굳어 있었다. 석화됐다는 의미가 아니라 멈춰 서서 생각에 잠겼다는 뜻이다. 시선이 조금 위로 향했다.

"재수 없지 않다면."

"…너는 그 성격 때문에 앞으로 남자 친구를 못 사귈 거야."

남자는 타카와시 같은 미소녀가 고백한다면 99% 사귀겠지만 그런 말은 굳이 하지 않았다.

남자 전체를 바보 취급할 것 같았고, 그 남자 중에는 나도 포함되었다.

그 후 나는 LINE으로 아이카에게 셋째 날에 함께 돌아다니자고 연락했다.

10초 후에 '알겠습니다!'라고 말하는 어떤 캐릭터 이모티콘이 돌아왔다.

[그래서, 어디 갈래?]

아이카가 먼저 같이 다니자고 했으니 아이카가 가고 싶은 곳에 가는 편이 좋을 것이다.

[후보는 후시미 이나리랑 키후네 신사랑 아라시야마랑 카스가 대신사예요!]

장소가 각각 떨어져 있는 것을 넘어 한 개는 나라 현에 있는 곳이야….

그리고 보니 예전에 아이카가 LINE으로 교토의 파워스폿을 물어본 적이 있었는데 그때 나왔던 이름이 후보에 들어가 있었다.

[첫날이랑 둘째 날에 가게 될 수도 있으니까 안 간 곳 중에서 고르자.]

[그러네요~]

이리하여 아무런 계획도 없이 아이카와 함께 교토를 돌아보는 것만이 정해졌다.

인생 최후의 수학여행 마지막 날이 최고의 추억이 될 것인가, 인생을 리셋하고 싶은 흑역사가 될 것인가.

생각보다 큰 도박에 나서고 말았다.

뭐, 그렇게 타카와시에게 아이카 관련으로 상담한 탓에 검사 검사 수학여행 미션을 받게 된 것이다.

좋아, 슬슬 결행할까.

솔직히 아이카와 다른 반이라 다행이었다. 이래서야 앞날이 걱정되지만, 어떤 얼굴로 만나면 좋을지 전혀 모르겠어….

나는 신칸센의 선반에 올려 뒀던 배낭을 천천히 내렸다.

자연스레 주위에 사람이 없기에 신경 쓰지 않고 짐을 올리고 내릴 수 있는 것만큼은 드레인의 좋은 점이었다. 장점이 너무 수수해…. 역시 드레인은 변변찮은 능력이야….

나의 첫 미션은 수학여행의 정석, 과자 교환.

이것을 나는 한다. 친목을 다지기 위해!

참고로 중학생 때는 나눠 줄 상대가 없어서 할 수 없었고 누구도 내 곁으로 오지 않았다. 그저 혼자서 스낵 과자를 오독오독 씹어 먹었다. 덕분에 점심을 먹기 힘들었다.

나는 배낭에서 가느다란 막대 과자를 꺼냈다.

리얼충 커플이 양쪽에서 먹어 나가는 그 과자였다.

솔직히 드레인이 있는 인간에게는 당연하게도 평생 무관한 일이지만, 그런 짓을 하는 녀석이 실재할까? 애초에 그 게임은 승패가 갈리는 걸까? 연인들만 하는 게임이라면 처음부터 평범하게 키스하면 되잖아….

안 돼. 지금은 그런 사적인 원한은 버려. 나도 수학여행 중인 고등학생이야. 리얼이 충실하다고 말하지 못할 것도 없어. 가슴을 쭉 펴! 당당하게 종이 팩을 열고 봉지를 개봉해!

나는 일어나 통로로 나가서 후방으로 향했다.

그곳에 노지마 군과 오오타가 나란히 앉아 있었다.

오오타는 흑발에 몸집이 작고, 중학생처럼 보이기도 하는 동안의 남자였다.

　노지마는 노지마 군이라고 하면서 오오타는 그냥 부르는 것도 이상하지만 다른 녀석들도 기본적으로 '노지마 군' '오오타'라고 부르기에 그 표현을 따르기로 했다.

　괜히 '군'을 붙이면 도리어 거리가 좁혀지지 않을 것 같고, 애초에 나는 '나리히라'라고 이름으로 불리는 것이 보통이니 괜찮으리라.

　하구레라는 성이 '아웃사이더(하구레모노)'를 연상시켜서 따돌리는 것 같으니까 다들 이름으로 나를 불러 주고 있었다. 그 배려는 기쁘지만, 배려에서 친구가 생겨나지는 않았다….

　노지마 군과 오오타가 있어서 다행이었다. 두 사람이 다른 조의 조원들 자리에 가서 이야기하고 있었다면 또 우울해질 뻔했다.

　먼저 오오타가 나를 알아차렸다.

　오오타도 온후독실하게 생긴 이른바 인축 무해한 캐릭터였다. 그렇기에 노지마 군과도 친한 거겠지. 캐릭터가 비슷하니까.

　이능력도 캐릭터와 마찬가지로 안전해서, 자신이 들은 소리를 그대로 입으로 재생할 수 있는 능력이었다. 즉 자신을 녹음기로 만들 수 있었다. 장시간 녹음할 수 있다면 매우 유용하겠지만 10초 정도만 녹음할 수 있어서 별로 이용 가치가 없다는 것이 본인의 말이었다.

그리고 인축 무해라고 하면 욕하는 것 같지만 나는 나무랄 데 없는 칭찬으로 하는 말이다. 인축 무해라면 제로에서 출발이다. 유해한 것보다는 결단코 좋다.

우두커니 서 있을 수도 없었고, 한 자리에 너무 오래 서 있으면 괜히 더 움직이기 어려워지므로 미션 스타트.

"어, 저기, 과자 먹을래…?"

나는 팔을 쭉 뻗어서 상자를 내밀었다.

이상한 자세지만, 최대한 드레인의 영향을 주지 않기 위한 배려였다. 너에게 가까이 가고 싶지 않다는 의사 표시가 아니었다.

"아아, 고마워."

오오타가 과자를 하나 집었다.

"세 개 정도 가져가도 돼…."

하나씩 가져가면 절대 없어지지 않는다. 같은 반 전원에게 돌릴 만한 정신력은 없었다….

나눠 주면 받아줄지도 모르지만, 그저 나눠 줬을 뿐이라는 느낌이 확실하게 들어서 결국 피곤해질 것이다.

친구가 별로 없는 녀석이 노골적으로 무리한다는 분위기가 된다. 그런 건 내가 괴롭고, 무엇보다 그런 일로 친구가 늘어나지는 않는다. 보답받지 못할 노력을 해 봤자 누구도 행복해지지 않는다.

"그럼 두 개 더 가져갈게."

좋아, 세 개 줄었다. 고마워, 오오타.

창가에 앉아 있던 노지마 군도 내 쪽으로 손을 뻗어 세 개를 가져갔다.

좋아, 그다지 위화감 없이 과자를 건넸다. 미션 클리어다!

"그럼 나리히라, 나도 과자 줄게. 아까 이능력으로 만든 거지만."

노지마 군이 쿠키가 든 플라스틱 용기를 내밀었다. 여자가 쿠키를 만들어서 담아 올 때 쓸 법한 귀여운 크기였다.

"고마워. 그럼 세 개 가져갈게."

집어 들어서 즉각 하나를 입에 넣었다. 특별할 것 없는 쿠키 맛이 났다.

하지만 맛은 문제가 되지 않았다.

이로써 '증여'에서 '교환'으로 바뀌었다. 명실상부 과자 교환이 되었다! 아까는 노지마 군에게 과자를 받지 못했으니 엄밀히는 미션 클리어가 아니었다!

남자와 과자를 교환하고 기뻐하는 고등학생은 나밖에 없을지도 모른다.

하지만 초등학생 때도 중학생 때도 하지 못했으니 이것은 분명한 성장이었다.

당연한 일을 당연하게 할 수 있는 것은 정말로 멋진 일이었다.

"하구레 군, 저랑도 교환하지 않을래요?"

등 뒤에서 시오노미야의 목소리가 들렸다.

시오노미야는 남자 자리와 통로를 사이에 두고 반대편에 있는 6인 박스석에 있었다.

앞쪽부터 타카와시, 이신덴, 에리아스, 그리고 타카와시의 맞은편에 시오노미야가 앉아 있었다.

그리고 시오노미야의 옆자리에 메이드장이 **서 있었다**. 메이드장은 다리가 너무 짧아서 구조상 앉지 못하기 때문이리라. 자리는 인원수보다 여유롭지만 메이드장의 공간이 필요하니 딱 알맞았다.

이신덴은 계속 메이드장을 바로 앞에서 쳐다보게 되는데, 익숙해졌으려나…. 후지산보다 훨씬 임팩트가 있었다.

그건 그렇고.

시오노미야에게서도 과자를 교환하자는 제안이 들어왔다! 고마워!

"물론이지! 마음껏 가져가!"

냉큼 과자 상자를 내미니,

통로 쪽에 앉은 타카와시가 그 상자를 통째로 받았다.

"자, 다들 하나씩 가져가."

왜 네가 주도하는 거야…. 딱히 상관없지만.

"아아, 하나씩 가져가면 나중에 그레 군이 남은 과자를 처치하기 곤란할 테니 두 개씩 가져가는 게 좋겠다."

"그런 걸 직접 말하지 마!"

역시 타카와시는 외톨이의 괴로움을 자각하고 있었다.

지극히 자연스럽게 친구가 있는 녀석은 과자 교환의 허들 따위 인식하지 못한다. 자기도 모르는 사이에 허들을 넘어간다.

"아, 고마워, 나리히라 군."

"그럼 특별히 받아 주지."

이신덴과 에리아스가 과자를 가져갔다. 어째서 에리아스는 받는 입장이면서 잘난 척일까.

"여기요, 하구레 군. 저는 이걸 드릴게요."

시오노미야가 내민 것은 초코파이가 여섯 개 든 상자였다. 꽤 비싼 과자가 나왔다!

"아니, 이건 등가 교환이 안 돼서 미안하다고 할까…."

"그런 건 신경 쓰지 않으셔도 돼요. 자, 가져가세요."

결과적으로 더 큰 것을 받게 되었다.

"아아, 나는 나리히라에게 이걸 줄게."

에리아스가 내 쪽으로 뭔가를 휙 던졌기에 그것을 받았다.

어차피 대단한 것은 아니겠지. 하지만 이 흐름이라면 과자라도 주….

페트병 뚜껑이었다.

"필요 없어!"

"세상에는 뚜껑을 수집하는 사람도 있잖아."

바보 취급하는 얼굴로 에리아스가 히죽거리며 쳐다보았다.

"이런 어디서나 파는 음료수 뚜껑을 모으는 녀석은 없어!"

"그걸 뚜껑 회수 박스에 넣으면 사회에 도움이 되겠지. 사회에 공헌할 수 있어서 잘됐네. 공헌 레벨이 조금 올라갈지도 몰라."

이 녀석, 공헌 레벨을 떠올리게 하는 정신 공격을 가하다니…. 어차피 드레인을 가진 나는 최저 랭크야….

"하다못해 페트병 본체라도 내놔! 평범한 쓰레기통이 있어도 뚜껑만 버리기는 뭐하다고!"

"응, 빈 페트병이 있긴 한데."

거기서 에리아스는 오물을 보는 눈이 되었다. 시선은 물론 내게 보내고 있었다.

"이걸 넘기면 페트병 입구를 핥을 우려가 있으니까 직접 버릴래…."

"안 해!"

좋아하는 아이의 리코더를 핥는 짓 같은 걸 할 리가 없잖아! 그건 일종의 도시 전설이야!

그리고 이신덴이 어떻게 반응하면 좋을지 모르겠다는 얼굴이 됐어! 개그로 넘겨야 할지 말지 고민하는 아이가 있는 곳에서 그런 말은 하지 마!

"타츠타가와 양. 하구레 군은 그런 짓 안 해요…."

시오노미야는 분명하게 내 편을 들어 주었다.

"시오노미야, 남자를 너무 신용하지 않는 편이 좋아. 마음이 깨끗한 남고생은 상식적으로 생각해서 존재하지 않으니까."

순진한 시오노미야에게 이상한 말을 불어넣지 마.

"만약 무슨 일이 있어도 핥고 싶다면, 하구레 군이라면 제대로 허가를 받을 거예요. 무단으로 이상한 짓을 하진 않겠죠."

이야기가 이상한 방향으로 흘러갔다….

"시오노미야, 저기… 그건 더 악질인 것 같은데…. 체포될 위험이 있을 정도로 아웃인데…."

"우와… 실제로 살짝 소름 돋았어…."

에리아스, 너도 질색하지 마. 농담의 일종이었을 터인 뚜껑 안건이 웃을 수 없는 사태가 됐잖아.

"200% 동의해."

어이, 동맹자. 날 비난하는 발언에 동의하지 마.

"어머, 제가 이상한 말을 했나요…?"

어리둥절해하는 시오노미야 옆에서 메이드장이 손을 위아래로 움직여 긍정에 해당하는 액션을 취했다.

메이드장이 시오노미야보다 상식이 있다니!

"그러쿤쿤요…."

시오노미야의 그 말버릇, 오랜만에 들었어.

"괜찮아, 시오노미야. 고의가 아니니까 나쁘지 않아. 나쁜 건
그레 군이야."

저 동맹자는 왜 나를 악당으로 만들려고 하는 걸까. 나쁜 건
누가 봐도 에리아스잖아.

"하하하… 나리히라 군, 두 개 가져갈게…."

쓴웃음을 지으며 이신덴이 타카와시가 든 상자에서 과자 두
개를 가져갔다.

이런 건 참견해도 될지 판단하기 어렵지…. 섣불리 같이 놀
리면 의외로 실례가 되기도 한다. 내가 반대 입장이었어도 무
난하게 대응했을 것이다.

"마음껏 가져가도 돼."

"아니, 왜 타카와시 네가 주도하냐니까."

"뭣하면 이 상자 통째로 받아도 되는데."

"뭔가 전부 양도한 게 됐어?!"

천상천하 유아독존이라는 말이 머릿속에 떠올랐다. 지금의
타카와시에게 딱 맞았다.

"이신덴, 보잘것없는 거라도 뭔가 주는 편이 좋아. 안 그러면
밤에 나리히라가 '답례 과자를 내놔'라면서 머리맡에 나타날지
도 몰라."

"내가 무슨 요괴냐. 그리고 에리아스가 준 뚜껑보다 보잘것

없는 건 없어."

과자 교환이라고 해서 꼭 교환해야만 하는 것은 아니었다. 직접 과자를 건넨다는 것이 중요했다.

이신덴이 작은 토트백 안을 보았다.

"초콜릿 정도밖에 없어."

"소금이 있다면 뿌리는 게 좋은데."

"요괴 퇴치 방법을 알려 주지 마."

신칸센 안에서 소금을 뿌리면 확실하게 혼날 거야.

나는 이신덴에게 초콜릿을 받았다. 오늘은 테니스 라켓도 없어서 손수 건넸다. 타카와시를 통해 이신덴과도 지금보다 더 많이 이야기할 수 있게 된다면 그건 그것대로 기쁜 일이었다.

"자. 그럼 이만 돌아가도 돼."

타카와시가 상자를 돌려주었다.

나는 그것을 받았다. 생각보다 과자가 줄어서 빈곳이 생겼다.

"그러네. 드레인도 있으니까. 이만 갈게."

나는 도보 3초 거리의 내 자리로 돌아왔다.

반대편 자리에서는 변함없이 보죠 선생님이 잠들어 있었다.

저건 학생들을 신뢰해서 그렇다고 해석하면 되는 걸까….

시오노미야가 준 초코파이는 조촐하게나마 승리의 맛이 났다.

일 하나를 끝냈으니 화장실에나 갈까.

그리고 페트병 뚜껑도 버리고 오자….

자동문을 열고 차량 연결 통로로 나오자 더는 웃음소리도 이야기 소리도 들리지 않았다.

연결 통로는 전체적으로 쥐색이라 자연스럽게 마음이 안정되었다.

한심한 이야기지만 이렇게 조용한 장소가 있으면 안도감이 들었다. 모두가 들떠 있는 환경은 아무래도 있기 불편했다. 예전만큼 힘들지는 않지만.

이곳에 가만히 있어도 이상하기에 재빨리 화장실에 갔다 왔다.

"뭔가 공기가 이상하게 느껴져."

"그레 군의 집에서는 광화학 스모그나 초미세먼지라도 나오는 거야?"

"으악!"

갑자기 목소리가 들려서 깜짝 놀랐다.

타카와시가 승차문 옆에 서 있었다. 내가 화장실에 간 사이에 나왔을 것이다.

"공기는 차치하고 미션은 클리어했어."

과자 교환 미션은 신칸센이 나고야를 통과하기 전에 빨리도 공략되었다. 전망이 밝았다.

다만 타카와시는 여기서 순순히 축하한다고 말해 줄 캐릭터가 아니었다.

부루퉁한 얼굴로 스마트폰을 꺼내 뭔가를 체크하기 시작했다. 무슨 일이 있어도 시선은 맞출 수 없다는 강한 의지가 느껴졌다.

"그레 군. 뭔가 착각하고 있는 모양인데 내가 준 미션은 '동성 친구와 수학여행을 즐긴다'야. 과자 교환은 그중 하나일 뿐이지. 입시로 말하자면 아직 원서를 제출한 단계야."

짜증 나지만 사실이었다.

과자를 교환했다고 모든 것이 원만하게 해결되지는 않았다.

과자보다 중요한 문제가 이 앞에 몇 개나 기다리고 있었다.

무슨 말인지는 알겠지만 그래도 역시 짜증 났다.

칭찬은 고래도 춤추게 한다는 책을 이 녀석에게 보여 주고 싶다. 읽어도 행동은 전혀 변하지 않을 것 같지만.

"괜찮아. 성공은 했잖아. 그리고 너도 미션이 있다는 거 잊지 마. 오늘 중으로 같은 반 학생 열 명 이상과 이야기해."

꽤 어렵다고 할까, 교토에 도착하면 조별 자유행동이니 신칸센 안에서 끝내지 않으면 힘들어질 것이다.

"남의 걱정을 할 수 있다니 상당히 여유롭네. 뭐, 그레 군도 성장은 하지 않았을까? 거북이걸음이지만."

타카와시는 계속 스마트폰을 만지작거리고 있었다. 나와 이야기하기 위해 나온 줄 알았는데 단순히 이 녀석도 연결 통로가 편한 성격인 게 아닐까.

"일일이 헐뜯지 마. 그래, 어차피 거북이걸음이야."

"거북이한테 실례네."

"그 논리라면 개 발에 편자나 돼지 목에 진주 목걸이도 전부 말할 수 없게 되잖아. 장절한 언어 사냥이 돼."

스마트폰을 조작하는 타카와시와 매끄럽게 대화가 성립하고 있는 것도 이상하지만, 이 정도 거리감이 가장 좋을지도 모른다.

예를 들어 상대의 바로 앞에서 아무렇지도 않게 스마트폰을 체크해도 신경 쓸 필요가 없는 사이는 이상적이지 않을까.

이 녀석과 줄곧 이런 거리감으로 있고 싶다.

서로 욕하면서도 최소한의 도움은 주는 관계를 대학생이 되어서도 사회인이 되어서도 이어갈 수 있다면 그것은 둘도 없는 재산이다.

그때 느닷없이 타카와시가 얼굴을 들었다.

타카와시가 연결 통로에서 말을 걸었을 때보다도 놀랐다.

왜냐하면 나는 살짝 미소 짓고 있었기 때문이다.

미소 짓고 있었다면 말하면 듣기에는 좋지만 히죽거리고 있는 것처럼 보였을지도 모른다.

어떻게 생각해도 온화하게 웃을 만한 상황은 아니었다. '왜 실실 쪼개고 있어? 조심스럽게 말해도 최고로 기분 나빠'라는 말을 듣는 게 아닐까….

"거북이도 생애 전체의 이동 거리는 상당해. 거북이걸음이면 어때. 거북이도 제법 만만치 않아."

"어, 응….”

기분 나쁘다는 소리는 듣지 않았다.

타카와시도 얼굴을 드는 것에 힘을 다 썼는지 결국 나와 시선은 맞추지 않았다. 히죽거리고 있는 것도 눈치 못 챘을지 모른다.

"그리고 과자를 교환하라는 미션이었으니까, 자."

타카와시는 정권 지르기를 하는 것처럼 내 가슴 앞으로 손을 내밀었다.

공격인 줄 알았지만 그렇지 않았다.

편의점 계산대 앞에서 20엔에 팔고 있는 초콜릿이 그 손 위에 있었다.

조심조심 내 손을 내밀자 그 위에 타카와시가 초콜릿을 떨어뜨렸다.

"이걸로 교환이 됐지? 다음 미션도 열심히 해."

타카와시는 곧장 발길을 돌려 문을 열고 다시 소란 속으로 돌아갔다.

바로 돌아가는 것도 이상해서 나는 흔들리는 연결 통로 중앙에 우두커니 서 있었다.

"방금 그건 칭찬…인가…?"

그런 것치고는 전혀 웃지 않았지만….

어느 쪽으로도 판단 가능한 타카와시의 말이 유독 귓가에 남았다.

나는 내 자리로 돌아가 노지마 군이 만든 쿠키를 먹었다. 오독오독 소리가 입안에 퍼졌다.

고속으로 변하는 창밖 풍경을 바라보며 먹는 것은 이것대로 나쁘지 않았다.

물리적으로 고립된 나의 고교생활

② 친구가 적으면 수학여행에도 독특한 긴장감이 있지

신칸센은 정각에 교토역에 도착했다.

도쿄에서 출발했을 무렵에는 날이 흐렸으나 서쪽으로 이동하면서 하늘도 맑게 갰다. 날씨는 서쪽부터 바뀐다는 말은 진짜였다.

"자~ 그럼 조원이 다 모인 조부터 자유행동 개시~! 말썽이 생기면 선생님의 휴대전화로 무지막지하게 연락할 것! 하지만 가급적 연락하지 마."

보조 선생님이 평소처럼 본심을 담아 여러 주의 사항을 일렀다. 본심을 밝혀선 안 되는 곳에서도 본심을 밝히고 읽었다. 그리고 '무지막지하게'라는 것은 선생님이 자주 쓰는 강조 표현이었다. 보죠어라고 생각하면 된다.

"고양이도 아는 사실이지만 혹시 모르니까 확인해 둘게. 저녁 여섯 시까지는 숙소로 돌아올 것! 지각해도 밥은 주지만, 규칙을 지키지 않으면 선생님들이 슬퍼집니다! 응, 그럼 해산!"

선생님이 '해산!'이라고 말함과 동시에 손뼉을 짝 쳤다. 그것이 조별 행동 개시의 신호가 되었다.

다른 조의 멤버들은 곧장 제각기 목적지를 정하여 이동했다.

다른 조의 이동을 관측할 수 있다는 것은 반대로 말하자면….

우리 조는 그 자리에 가만히 남아 있다는 뜻이었다.

"……." "……." "……." "……."

아무도 말을 꺼내지 않았다.

오오타는 '어쩔까' 하는 시선을 노지마 군에게 보내고 있었다.

이신덴도 기념품 판매 코너를 멍하니 보고 있었다. 척 보기에도 진짜로 흥미가 있는 것은 아닌 듯했으나 일단은 그쯤에 시선을 두자는 자세였다.

원인은 바로 알 수 있었다.

남자 그룹과 여자 그룹이 짝을 이루어 하나의 조가 구성된다.

하지만 남녀 그룹이 엄청나게 친한 것은 아니었다.

물론 대부분의 조는 '금각사 가자' '버스 정류장은 저쪽이야'라면서 남녀가 편하게 대화하고 있었다. 거기에 대단한 벽은 없었고, 벽이 있다는 의식조차 없을지도 모른다.

우리 조는 나와 타카와시가 있을 정도니까 그런 벽을 잘 느끼는 멤버가 모여 있었다. 이 묘한 지지부진함의 원인은 그것이었다.

벽을 잘 느낀다고 하면 사이가 나쁜 것 같지만 그렇지는 않았다.

단순히 다들 너무 얌전한 것이다.

이럴 때 조를 진두지휘해 주는 극성맞은 캐릭터가 없었다.

오오타도 남자에게는 스스럼없이 말을 걸지만 여자에게 자연스레 말하는 것에는 약간 저항감이 있을 것이다. 동성과 이성은 대화 난이도가 다르다.

나는 타카와시와 우발적으로 이야기하게 된 경우라 남자와 친해지기 전에 아이카나 시오노미야와도 이야기할 수 있게 되었지만 이것은 예외였다. 나도 고1 때까지는 그나마 남자가 이야기하기 편했고 여자보다는 상대적으로 더 많이 이야기할 수 있었다.

한편 인관연의 일원인 시오노미야도 그야말로 정숙함 그 자체인 성격이라 아마 누군가가 리드하기를 기다리고 있을 것이다.

시오노미야의 능력이나 성장은 알고 있다. 하지만 이곳에는 별로 친하지 않은 남자도 있으니 그다지 앞으로 나서지 않으려고 할 것이다. 시오노미야는 일단 수비부터 하는 타입이었다.

이신덴이 모두를 이끌 만큼 적극적으로 행동하는 것도 본 적이 없다.

노지마 군도 온후하여 여자에게 벽을 세우지 않는 성격이지만, 모두를 척척 이끌어 나가는 캐릭터는 아니었다.

타카와시는 불만이라도 있는 것처럼 거만하게 서 있었다. 인관연 안에서라면 모를까, 생판 남인 남자(같은 반 학생에게 쓸 표현으로는 이상하지만)가 있는 환경에서는 그다지 적극적으로 움직일 생각이 없는 듯했다.

나는 말할 것도 없었다.

이럴 때 일단 주위 모습을 살피는 성격이라고 할까, 이미 그런 행동 양식이 몸에 배어 버렸다. 외톨이로 지낸 지 그럭저럭 오래됐으니 말이지….

요컨대 모두를 이끌어 줄 인간이 조원 중에 없었다.

없다는 말이 지나치다면 별로 없다고 하겠다.

수동적인 성격이어도 괜찮다. 모두가 적극적인 캐릭터라면 피곤하다. 인간에게는 각각 적성이 있다.

오히려 나는 극성맞은 캐릭터를 대하는 쪽이 더 힘들었다. 상대방을 생각하며 한 호흡 기다렸다가 행동하는 조심스러운 사람이 심정적으로도 공감이 갔다.

하지만 수동적인 사람들만 있으면 뭔가를 시작할 때 곤란했다!

판타지로 비유하자면 전원이 후방 지원 계열의 직업을 선택해서 공격에 나설 수 없는 상황이었다.

다들 서로 양보하느라 일이 시작되지 않는 상황에 빠져 있었다.

딱히 어디 갈지 고민하고 있는 것도 아니었다.

루트는 이미 의논해서 정해 뒀다. 막연하게 키요미즈데라에 갔다가 기온 쪽으로 향한다. 매우 메이저한 루트였다. 그러니 누군가가 움직이기만 한다면 다들 따라가면 된다. 하지만 누구도 앞장서려고 하지 않아서 다른 조보다 뒤처지고 있었다.

인관연과 달리 이 조는 단체를 이룬 지 얼마 되지 않았으니까⋯.

또한 둘째 날은 인관연 멤버를 중심으로 행동한다. 둘째 날에는 편하게 돌아다닐 수 있을 것 같다.

아니, 둘째 날은 됐어. 그보다 첫날의 문제를 어떻게든 해야 해⋯.

누구도 첫마디를 꺼내지 않아서 괜히 더 말하기 힘든 분위기가 되고 있었다. 좋지 않은 상황이었다. 누구든 좋으니 '좋아, 출발!'이라고 말해 준다면 그것만으로도 상당히 편해질 텐데.

남녀 혼성조에 이런 약점이 숨어 있을 줄이야⋯. 그러고 보니 신칸센 안에서 같은 조 남녀끼리 그다지 이야기하지 않았구나⋯. 노지마 군·오오타 페어를 여자들에게 데려갔어야 했나⋯.

수동적인 인간이 너무 많을 때의 폐해가 그대로 드러났다.

역시 무슨 일이든 균형이 중요했다⋯. 불교에서도 유교에서도 중용의 정신이 필요하다고 하지 않던가. 후방 지원 계열만 있어서는 안 된다. 전사처럼 전위에서 싸우는 직업이 필요했다.

하지만 마침내 이 경직된 분위기를 깨부수는 영웅이 나타났다.

"저기, 엔쥬."

이신덴이 타카와시를 불렀다.

그 용기를 나는 칭송하고 싶다. 이것은 매우 큰 한 걸음이었다. 지금 역사가 움직였다.

하지만 그것이 사소하게 느껴질 만큼 나는 충격을 받았다.

타카와시를 엔쥬라고 이름으로 불렀어!

내가 잘못 들은 거 아니지? 연습이 엔쥬로 들린 거 아니지?

확실하게 엔쥬라고 불렀다!

정말로 역사가 움직였다! 타카와시사의 전환점을 나는 함께하고 있었다!

"왜, 왜…? 이, 이신덴."

한편 타카와시도 지극히 자연스럽게 대응…하지 못했다.

명확하게 쑥스러워하고 있었다. 애정 행각을 같은 반 학생에게 들킨 듯한 얼굴이었다.

"엔쥬도 사아야라고 불러도 돼."

"그건, 됐어…. 아무래도, 그러니까… 와닿지 않아서….

"엔쥬는 그런 점에서 깐깐하단 말이지. LINE으로는 평범한데."

이신덴은 장난스러운 얼굴로 타카와시를 놀렸다.

진짜냐. 타카와시가 농락당하기도 하는 건가….

아니면 타카와시는 호의를 가진 인간에게는 갑자기 태도가 얌전해지는 타입인가? 그런 속성을 가지고 있었던 거야? 실은 수줍어할 때가 있는 거야?

나는 터무니없는 장면을 목격하고 있는 것이 아닐까. 나중에 타카와시가 이 기억을 지우라고 협박할 것 같지만, 지금은 약점을 잡았다고 긍정적으로 생각하자.

"그래서 이신덴… 왜 불렀어?"

"야츠하시는 구운 게 스탠다드일까? 나는 거의 생으로만 먹었는데."

이신덴이 야츠하시 간판을 보며 말했다. 그림으로 그린 듯한 (실제로 그림으로 그려져 있지만) 마이코 일러스트가 야츠하시 옆에 큼직하게 실려 있었다. 역 안이라서 기념품 광고가 많았다.

생각보다 더 아무래도 상관없는 화제였으나 그래도 가장 먼저 말을 꺼내 준 공적은 매우 컸다.

"흐응. 그렇구나."

타카와시, 이야기가 확장되지 않는 타입의 대답을 하면 어떡해! 그건 맞장구 이상의 정보가 없잖아!

"하지만 야츠하시는 너무 전형적인 기념품 같아. 그만큼 안전하기도 하지만. 야츠하시를 받고 싶어하는 인간은 상상하기 어렵지. 마이코 인형 같이 받아도 어디에 쓸지 고민스러운 계통보다는 결단코 좋아. 그 건실함은 싫지 않고, 그래서 줄곧 롱셀러로 있을 수 있는 거겠지."

아아, 맞장구에서 지론으로 흐르는 전개였나.

근데 야츠하시에 관한 이야기가 너무 길지 않아? 슬슬 출발하는 흐름으로 가져가 줘. 여태 남아 있는 조는 거의 없다고.

"야츠하시도 좋지만 이제 슬슬 움직이지 않을래?"

에리아스가 입을 열었다.

그런가, 에리아스가 있었다!

이 조에서 가장 행동력이 있으며 적극성도 겸비한 것이 에리아스다.

아무튼 학생회 부회장에 직접 입후보하여 활동하고 있었다. 소극적일 리가 없다.

"고등학교 수학여행이니까 조장이나 부조장은 정하지 않았지만, 다들 움직이지 않을 거면 내가 진두지휘하겠어."

에리아스가 잘난 척했지만 조금도 불쾌한 느낌이 들지 않았다. 아마도 부회장 일에 익숙해져서 태도가 자연스럽기 때문이리라.

"드리코, 자기 혼자만 잘났다고 우위에 서려고 한다면 나도 성적으로 대응할 거야."

하지만 내가 불쾌하게 느끼지 않았다고 해서 타카와시까지 그런 것은 아니었다. 타카와시는 공격에 나섰다.

"딱히 상관없지만, 성적을 전면에 내세우는 사람은 꽤 위험하단 말이지. 자랑할 게 성적밖에 없다는 거잖아."

에리아스가 정론으로 방어했다.

확실히 학력을 자랑하는 어른보다 더 형편없는 것 같다.

"자랑할 만한 건 더 있어. ·········성격이라든가."

마지막 말은 목소리가 작았지만 내 귀에는 들렸다.

솔직히 '풉' 하고 뿜었다. 덕분에 타카와시의 매서운 눈빛을 받았다.

예상 이상으로 자랑거리가 떠오르지 않아서 스스로도 아니라고 생각하는 말을 했구나. 그리고 에리아스도 살짝 웃었다고. 나만 전범인 게 아니야!

"성격 좋은 네가 진두지휘해도 돼. 아무도 안 움직이니까 내가 하겠다고 제안했을 뿐이야."

적어도 여기서 성격 좋다고 언급하는 것을 보면 에리아스의 성격은 나빴다. 알고 있었지만.

타카와시가 리드하더라도 조원들은 아무런 불만이 없을 것이다.

다만 타카와시가 그런 역할을 맡고 싶어 할 리가 없었다. 보통은 앞으로 나서지 않는 캐릭터였다. 이럴 때라고 다르지 않았다.

"알겠어. 드리코가 잠정 조장이어도 상관없어."

타카와시도 이번에는 꺾였다. 형세가 불리함을 깨달은 건가. 직접 성격이 좋다고 말해 버렸으니 말이지.

"응, 좋아. 그리고 드리코라고 하지 마."

"그럼 드리냐는 어때?"

에리아스가 '아, 말이 안 통하는 녀석이구나' 하고 포기한 얼굴을 했다. 맞는 이야기였다.

"먼저 키요미즈데라였지? 거기서 야사카 신사 쪽으로 걸어가서 텔레비전에 자주 나오는 니시키 시장에서 뭐 좀 먹으며 돌아다니면 되지 않을까? 다른 날에 돌아볼 예정이 있다면 말해 줘. 이런 건 발길 닿는 대로 가도 괜찮으니까."

에리아스가 구체적인 이름들을 꺼냈다.

교토의 지명도 어느 정도 머릿속에 들어 있는 모양이다.

"키요미즈데라(清水寺)라고 하면 맑은 물이라는 이름의 유래이기도 한 오토와 폭포지. 야사카 신사에도 경내에 좋은 샘물이 있어서 물이 든 페트병을 자판기로 팔 정도야. 니시키 시장의 동쪽 끝에 있는 니시키 텐만구에도 샘물이 있어."

"전부 물과 관련된 곳이었냐!"

"어쩔 수 없잖아. 나는 물 이능력자니까. 물을 사랑하는 게 잘못이야?"

이렇게 뻔뻔하게 나오니 아무런 대꾸도 할 수 없었다.

그러고 보니 이 녀석, '부회장 성수'라는 위험한 페트병을 만들 정도였지….

"난 이견 없어. 드리냐는 중학교 수학여행 때 키요미즈데라에 갔을 텐데 괜찮아? 지금 변경해도 돼."

그 말에서 나는 타카와시 나름의 배려를 느꼈다.

타카와시는 나와 에리아스가 같은 중학교였음을 알고 있다. 에리아스가 중학교 수학여행으로 교토에 왔다는 것도 파악하고 있었다.

그리고 우리는 당연히 키요미즈데라에도 관광버스를 타고 갔었다.

"이런 건 어디를 돌아다녀도 상관없으니까 다른 곳이어도 돼. 절이랑 신사는 태워 버릴 만큼 많잖아."

문화재를 태우지 마.

그건 그렇고 최근 타카와시는 1학기 때와 비교하여 배려 정신이 드물게 엿보였다.

성격이 좋다는 것도 완전히 틀린 말은 아닐지 모른다. 성격 좋다고 자칭하는 녀석은 성격이 안 좋을 것 같지만.

"유명한 곳은 몇 번을 가도 새로운 걸 발견할 수 있어. 그리고 드리냐라고 부르는 거 당장 그만둬…."

"알겠어, 드리코."

결국 드리코로 돌아왔다. 드리냐보다는 나았다.

포커와 마찬가지로, 패를 바꾼다고 해서 꼭 지금보다 좋은 패가 되지는 않았다.

거기서 타카와시가 이쪽을 보았다.

"그레 군도 드리코랑 같은 중학교였지만 그레 군이니까 상관없나."

"일부러 말을 꺼내서 업신여기지 마!"

"그레 군 혼자서 수족관에 다녀와도 돼."

그야 교토에도 수족관은 있겠지만, 수학여행을 와서 제일 먼저 갈 만한 곳은 아니었다.

"이견 없어….."

"나리히라의 이견은 있어도 인정 안 해. 다들 출발해도 될까?"

에리아스는 타카와시 이상으로 나를 험하게 대우했다. 나 혼자 투표권이 없었다.

"훌륭하네요. 출발하죠!"

시오노미야가 고개를 끄덕거렸다.

"흠잡을 데가 없다고 메이드장도 말하고 있어요. 메이드장도 칸사이 출신이라 교토에 관해서는 자세히 알아요."

메이드장은 교토에도 조예가 깊은 건가…. 그보다 칸사이 출신이었어…? 확실히 시오노미야랑 같이 있었으니 도쿄 출신이라고 하면 이상하지만, 출신이라는 개념 자체가 이상하지 않나?

오오타와 노지마 군도 "그게 좋겠어요." "응, 갈까." 하고 동의했다. 타카와시의 의견은 아직 듣지 않았지만 이미 다수결로 결정이었다.

오오타는 여자에게 기본적으로 존댓말을 쓰는구나. 알 것 같다. 친하지 않은 상대에게 반말로 이야기하기는 힘들지.

나랑 이신덴은 어땠더라? 애초에 자리만 가깝지 길게 대화한 적이 별로 없어서 잘 기억나지 않는다.

타카와시가 이신덴 자리에 왔을 때 (악의가 아니라 아마도 선의에서) 가끔 나를 갈구기도 했는데, 타카와시에게 불평하는 형태가 되어서 이신덴 본인과는 그다지 이야기하지 못했다…. 친구의 친구와도 쉽게 친구가 되는 사교성을 가지고 싶다.

이리하여 우리 조도 드디어 움직이게 되었다.

"그럼 여러분, 키요미즈데라로 가죠! 키요미즈데라에는, 으음…."

시오노미야가 움직이기도 전에 메이드장이 로봇 청소기처럼 옆으로 움직여서 버스 정류장으로 이동했다.

그곳에 '키요미즈데라'라는 글자가 확실하게 있었다.

"메이드장, 굉장해요!"

메이드장을 따라잡은 시오노미야가 그 머리를 쓰다듬었다. 메이드장이 조금 부러웠다.

좋아! 처음부터 정체될 뻔했지만 이로써 고등학교 수학여행
도 다시금 스타트다!

하지만.

"잠깐만. 그건 무리야."

타카와시가 오른손을 앞으로 내밀어 멈추라는 뜻을 나타냈
다.

왜 그러지? 아까는 승낙했잖아?

"그레 군의 드레인이 있으니까 버스는 안 돼. 그 버스, 줄 서
있는 걸 보건대 붐빌 거야."

아…. 정말이다….

일본을 넘어 세계적으로 손꼽히는 관광지, 심지어 지역의 상
징이라고 해야 할 키요미즈데라 부근을 달리는 버스. 붐비지
않을 리가 없다.

즉, 나는 절대로 탈 수 없었다.

"그러고 보니 중학생 때는 관광버스를 타고 돌아서 나리히라
도 올 수 있었지…."

에리아스도 중학교 수학여행을 떠올린 모양이다.

설마 이동 방법이 발목을 잡을 줄이야….

내가 대책을 생각해 뒀어야 했는데 타카와시에게 받은 미션
과 아이카 일로 머릿속이 꽉 차서 깜빡했다.

참고로 중학생 때 버스에서 나는 제일 뒷자리 구석에 있었다.

내게 말을 걸었던 사람은 담임 선생님이 유일했다.

이 흑역사를 나는 평생 짊어지고 가겠지. 내가 뭘 했다는 거야?

"죄송해요…. 제 생각이 짧아서 하구레 군의 마음을 불편하게 만들었네요…."

고개를 숙이는 시오노미야.

"그러지 마! 내 잘못이니까! 시오노미야는 하나도 잘못하지 않았어!"

오히려 그렇게 슬픈 얼굴을 하면 내가 괴로워져! 나를 생각한다면 그런 표정 짓지 말아 줘!

"그레 군이~ 시오노미야에게~ 상처 줬대요~ 상처 줬대요~"

타카와시가 즉각 상처에 소금을 뿌렸다.

"초등학생처럼 놀리지 마!"

"그레 군 때문에 시오노미야가 지대한 정신적 고통을 받았다."

"딱딱한 표현을 쓰면 놀려도 된다는 말이 아니야!"

이 녀석, 아무리 같은 조라지만 인관연 멤버가 아닌 조원도 있는 앞에서 나를 철저히 갈구지 말았으면 좋겠다…. 공연히 창피해….

"얘들아, 지도를 봤는데 걸어갈 수 있는 거리야! 도중에 신사나 절도 잔뜩 있고… 오히려 걸어가는 편이 좋지 않을까…."

이신덴이 관광 지도를 펼치고서 상황을 수습해 주었다.

고마워. 타카와시가 폐를 끼쳤습니다. 아니지, 조원들에게 폐를 끼치고 있는 건 나인가….

"그러네. 걸어갈 수 있겠어. 버스도 이 주변은 길이 막혀서 시간이 걸릴 거야."

"응, 걸어갈 수 있는 거리네요."

노지마 군과 오오타도 동의해 주었다. 이 두 사람도 이신덴이나 시오노미야와 마찬가지로 선량하여 타카와시에게 가담하지 않았다. 그 점은 고마웠다.

그건 확실히 고맙지만.

"미안해, 애들아. 정말로…."

모두의 상냥함이 오히려 괴로웠다. 이건 이것대로 내 죄책감을 부풀렸다.

귀찮은 녀석이라 정말로 미안해….

그렇다고 내 이능력 때문임을 알고 있는데 뻔뻔하게 굴 수도 없었다.

아아… 이 부분의 적당한 선을 맞추는 건 진짜로 성가셔….

"새삼 네가 미안해해 봤자 이쪽은 아무런 이득이 없으니까 신경 쓰지 않았으면 좋겠는데."

에리아스가 어이없다는 얼굴로 말했다.

손을 그냥 두기 심심했는지 왼쪽 검지는 뺨을 긁적이고 있었다.

하지만 이러니저러니 해도 이건 나를 배려한 것이었다. 그런 건 신경 쓰지 말라는 말이니까.

"땡큐, 에리아스…."

"여기서 '땡큐'는 이상하지. 난 위로한 게 아니야. 오히려 얼굴로만 반성하며 죄책감을 줄이는 방향으로 가지 않았으면 좋겠다는 말이었어. 그건 누구에게도 이득이 안 되니까. 그럴 바에야 여행의 흥을 돋울 방법이나 생각해."

그렇구나…. 진짜 복잡하다. 사과하지 않는 것도 실례고 사과해도 분위기가 이상해지다니, 이건 인간관계의 버그가 아닐까.

최소한 내 머릿속에서나마 긍정적으로 사고하자.

적어도 아이카와 갈 곳의 후보가 다소는 줄어들게 되었다.

전철이나 버스 이용객이 많은 곳은 드레인 때문에 처음부터 갈 수 없다.

"자자, 나리히라 때문에 돌아볼 장소가 줄어들지 않도록 빠른 걸음으로 가자! 오히려 결과적으로 나리히라가 있어서 보게 된 곳이 늘어나도록 하는 거야!"

에리아스가 성큼성큼 걸어갔다.

"그건 저격하는 거야, 위로하는 거야? 어느 쪽이야…?"

나도 거리를 충분히 벌리면서 옆에 나란히 섰다.

"응? 내가 왜 나리히라를 위로해야 해…? 순도 100% 저격이지…. 그게 아니면 뭐겠어….”

껄끄러워하며 에리아스가 고개를 돌렸다.

가능하다면 5% 정도는 위로 성분이 들어 있었다고 믿고 싶다.

★

이리하여 우리는 도보로 키요미즈데라에 가게 되었다.

도중에 들른 곳과 타카와시의 감상을 덧붙이면 이런 느낌이다.

· 토요쿠니 신사(豊国神社).

“히데요시를 모시고 있구나. 이건 길하다고 볼 수 있을까? 자식 세대에 망하는 거 아니야?”

“만약 히데요시에게 그런 파워가 있다면 그 전에 천벌 받아 마땅한 너를 멸망시키지 않을까?”

“소원판을 사서 ‘드레인 소지자 필멸’이라고 쓸게.”

“네가 쓰면 진짜로 효과가 있을 것 같으니까 하지 마….”

· 호코지(方廣寺).

“이게 이에야스가 트집을 잡았던 종이구나. 토요토미 가문도 시답잖은 소리를 들어서 참 난처했을 거야."

"타카와시, 너한테만큼은 동정할 권리가 없지 않을까."

"그 발언 자체가 시답잖은 소리인데 어떻게 생각해? 그레 군."

"어떻게도 생각 안 해."

타카와시는 난데없이 합장하며 눈을 감았다.

그러자 분위기가 갑자기 어른스러워져서 당황했다. '얼음 공주'라는 이명은 아직 살아 있었다.

"그레 군의 성격이 좋아지기를."

뭐, 타카와시가 기특한 소원을 빌 리가 없지….

"그레 군의 성격이 나만큼 좋아지기를."

네 성격은 좋지 않다니까. 오히려 마이너스로 내려갈 거야.

나도 합장하고서 보복하기로 했다.

"…타카와시의 성격이 조금이라도 멀쩡해지기를."

· 로쿠하라미츠지(六波羅蜜寺)의 쿠야 조각상.

"우와…. 정말로 입에서 뭔가 나오고 있어…. 그레 군, 이런 이능력이 아니라서 다행이네."

"딱히 쿠야는 입으로 뭔가를 내보내는 이능력자가 아니었어!"

"그레 군도 죽으면 동상이라도 세워 줄게."

"죽는 걸 전제로 삼지 마."

· 지옥과 이어져 있다는 전설이 있는 로쿠도친노지(六道珍皇寺).

"지옥이라. 뭐, 내가 죽으면 분명 지옥에 가겠지. 지옥이나 천국이 있다면 말이야."

"너, 그 부분은 겸허하구나…."

"그리고 이 근처에 유령 전설이 있는데."

거기서 타카와시는 이신덴과 이야기 중인 시오노미야 쪽을 힐끔 보았다.

타카와시와 어울리지 않는 조심스러운 얼굴이었다. 뭔가 거리낌이 있는 걸까?

"메이드장은 유령일까?"

"나한테 묻지 마…. 시오노미야한테, 아니, 메이드장 본인에게 물어봐…."

그 후 메이드장이 말없이 (언제나 말이 없기에 당연하지만) 다가와서 우리는 긴급히 대피했다.

여기저기 샛길로 빠졌다고 생각할지도 모르지만, 견학 장소는 큰 길을 따라 있었고 시간은 거의 허비되지 않았다.

내 사정 때문에 모두가 걷게 된 것이었기에 교토의 관광지들이 모여 있는 게 천만다행이었다.

그리고 타카와시는 여행지에서도 독설을 유감없이 발휘하여 어디서나 대체로 심한 발언을 했다. 그 결과, 타카와시의 발언만이 기억에 강하게 남는다는 좋지 않은 문제가 발생했다.

그렇게 비탈길을 터벅터벅 올라간 우리는 키요미즈데라에 도착했다.

"이런…. 생각보다 더 북적거리잖아…."

내가 맨 먼저 생각한 감상은 그것이었다.

끊임없이 계속 움직이지 않으면 드레인의 피해자가 나온다. 관광할 여유도 없겠어….

심지어 사찰은 평범하고 익숙한 통학로가 아니었다.

경치 좋은 곳에 조원들이 가만히 멈춰 서기도 했다.

"엔쥬, 저 문 멋있지 않아?"

"조금 화려한데. 불교의 사상에 맞는지 의문이야."

이신덴이 타카와시의 팔을 잡고 발을 멈추게 했다. 거리감이 커플 같지만, 여자끼리라면 그렇게 이상하지도 않나.

그리고 이신덴이 엔쥬라고 부르는 것이 나는 아직 어색하게 들렸다. 더욱 어색한 것은 타카와시가 그것을 받아들였다는 점이었다. 정말 내가 꿈이라도 꾸고 있는 것은 아닌지 불안해졌다. 사이좋은 것은 기뻐할 일이지만.

"이신덴이 타카와시를 길들이고 있어…."

들리지 않게 작은 목소리로 중얼거렸다.

그리고 누구도 드레인의 피해를 받지 않도록 이동했다.

매우 메이저한 관광지답게 결코 차분한 장소는 아니었지만 나는 남들보다 더욱 심란했다.

"젠장…. 원래 절이나 신사는 축제 때가 아니면 내가 느긋하게 있을 수 있는 곳 중 하나인데…."

조금도 관광에 집중할 수 없어!

뭐, 중학생 때도 봤지만, 그때는 단체 행동이었기에 외톨이란 것을 강하게 느껴서 집중할 수 없었다.

"그레 군, 이 앞에 키요미즈 무대가 있어. 레츠 트라이."

"타카와시, 키요미즈 무대가 있다고 말한 후에 왜 '레츠 트라이'가 나오는 거야."

"괜찮아. 마음으로는 받아 줄 테니까."

"역시 무대에서 뛰어내리라는 의미잖아! 그리고 마음으로 받아 줘 봤자 소용없다고! 물리적으로 대미지를 받아서 죽어!"

지금 내게는 죽을 위험성을 무릅쓰면서까지 이루고 싶은 소원 따위 없었다. 애초에 그런 사건을 일으키는 것부터가 사찰에 매우 큰 민폐이니 부처님은 소원을 이루어 주지 않을 것이다. 내가 부처님이라면 절대로 이루어 주지 않는다.

"두 사람은 정말로 잘 얘기하는구나. 같은 인관연이라서 그런가?"

이신덴이 매우 귀엽게 웃었다.

적어도 타카와시나 에리아스처럼 사람을 업신여기는 타입의 웃음과는 본질적으로 달랐다. 여자의 웃음은 이랬으면 좋겠다.

"그저 딱 좋은 샌드백이라서 그런 거지 악의는 없어."

"인간을 샌드백으로 비유하는 것부터가 악의적이야!"

타카와시는 이신덴의 허리 부근으로 시선을 보내며 대답했다. 타카와시는 무슨 일이 있어도 생글생글 웃는 캐릭터는 아니지만 확실히 오늘은 말수가 많았다. 그런대로 수학여행을 만끽하고 있는 걸까?

"괜찮아. 엔쥬가 아주 상냥하다는 건 내가 이해하고 있으니까!"

이신덴이 타카와시의 측면에서 허리를 끌어안았다. 레슬링 기술이 아니라 호감의 표현이겠지.

"잠깐… 난 누가 들러붙는 거 안 좋아하는데…."

타카와시의 입가가 약간 일그러지며 쓴웃음이라고 불러야 할 것으로 바뀌었다.

곤란해하고는 있지만 그렇다고 진심으로 거부하고 싶지는 않다는 뜻이었다. 내심 제법 기쁠 것이 틀림없다.

"뭐, 어때. 좋잖아. 수학여행이고. 엔쥬도 그 딱딱한 표정 좀 풀어~"

"이, 이건 원래부터 이런 표정일 뿐…."

이신덴은 히죽히죽 웃으며 더욱 달라붙었다.

타카와시의 입이 벌어지기 시작했다. 조금씩 기뻐 보이는 얼굴로 바뀌어 갔다.

힘내, 이신덴! 너는 굉장한 일을 하고 있어!

대단해, 이신덴! 타카와시 공략법을 완벽하게 파악하고 있어!

인류 중에 이토록 타카와시를 자유자재로 다룬 인간은 존재하지 않았을 터. 이신덴은 사실 엄청난 거물이지 않을까? 타카와시는 아이카조차 격퇴했던 강적이라고.

심지어 이신덴의 공격은 끝난 것이 아니었다.

선택과 집중. 병력은 투입할 수 있을 때 철저히 투입해야 한다.

"type-B."

이신덴이 타카와시의 허리를 끌어안은 채 그렇게 속삭였다.

그러자 이신덴의 몸이 기껏해야 초5 정도로 줄어들었다.

치마를 살짝 잡고 있는 것은 흘러내릴 것 같기 때문일까. 다이어트 수준의 변화가 아니니 말이지.

나왔다. 유녀(幼女) 버전 변신. 어라, 초등학교 5학년을 유녀라고 불러도 되나? 엄밀한 기준은 없으니 상관없겠지만.

"후후후! 이쪽이 달라붙기 쉽지. 엔쥬 언니!"

"진짜…. 장난이 지나쳐…. 이 이상 장난치면 별명을 붙일 거야."

타카와시도 슬슬 대항 조치에 호소할 모양이었다. 이신덴에게도 흉악한 별명을 붙이는 건가.

"예를 들면? 예를 들면?"

그러나 이신덴은 오히려 긍정적이었다! 호기심 왕성한 소녀의 눈이었다!

그렇게 나오는 건가…. 타카와시에게 동조하여 함께 즐겨 버리면 공격도 무효화할 수 있다!

그렇다고 '나는 구석에 처박힌 생쥐야'라고 즐겁게 말하려면 상당한 용기가 필요하기에 역시 힘든 일이었다.

"그러네, 이신덴은…… 으음, '덴짱'이라든가?"

여자에게 붙일 별명은 아니지만 악의는 거의 담겨 있지 않다. 최소한 구석에 처박힌 생쥐와 비교하면 악의의 농도가 10분의 1도 되지 않았다.

"흐응, 그럼 덴짱이라고 불러도 좋아, 엔쥬."

"어…? 좋지 않잖아… 이상하잖아…. 왜 승낙하는 거야…? 그리고 슬슬 떨어져 줘. 스킨십은 잘 모르겠으니까…."

쩔쩔맨다는 말을 타카와시가 온몸으로 표현하고 있었다.

이건 이신덴의 스트레이트승이네.

타카와시는 친구를 손에 넣기는 했으나 아직 그 감각을 파악하지 못하고 있었다. 아이카도 틀림없이 친구지만, 이신덴(덴짱)은 타카와시가 자력으로 사귄 최초의 친구였다.

이것이 멀쩡한 여고생과 아마추어 여고생의 차이인가.

※아마추어 여고생이라고 하면 아무래도 외설스러운 의미로 들리지만… 그런 의도는 없다.

하지만 좋지 않을까.

타카와시도 지극히 평범한 학창 생활을 보내게 되어 행복할 것이다. 언젠가 좋은 추억이 되겠지.

아니, 그렇게 남의 일처럼 생각해서는 안 된다.

타카와시는 이신덴과 사이좋게 지내고 있는데 나는 어떻지?

나도 남자와 친해져서 지극히 평범한 수학여행을 보낸다는 목적이 있었다. 제대로 하고 있나?

스스로 채점하자면 현재로서는 제대로 하지 못하고 있었다.

타카와시라는 이야기하기 편한 동맹자가 근처에 있는 탓에 남자들에게 시간을 할애하고 있지 않았다. 이제껏 들린 견학 장소에서도 그랬다.

노지마 군과 오오타는 본당 쪽을 보며 둘이서 뭐라고 이야기하고 있었다.

"길이 울퉁불퉁하네. 과자 만들어 낼 수 있겠어?"

"경내에서는 취식 금지일걸."

나는 알 수 있다. 이건 두 사람 나름의 자기방어다.

아무튼 멤버는 여자가 압도적으로 많았다. 적극적으로 말을 걸기에는 그런대로 난이도가 있다. 그래서 남자들끼리 떠들게 되는 것이다.

심지어 또 다른 남자인 내가 그다지 대화에 참여하지 않으니 노지마 군과 오오타는 대체로 둘이서 세트로 움직일 수밖에 없었다.

안 돼, 이래선 안 된다.

내가 남자들 사이에 끼지 못하고 있었다.

좀 더 두 사람에게 가야 해…. 남자 숙소에서 어색한 분위기를 만들지 않기 위해서도 지금부터 같이 수다를 떨어야 한다.

이곳은 수학여행지다. 이야깃거리만큼은 얼마든지 있다.

하지만 그렇게 생각할 때만 꼭 방해꾼이 끼어들었다.

"나리히라도 아주 때깔이 좋아졌구나. 중학생 때를 알고 있는 몸으로서는 충격적이야."

나의 적으로서 이미 베테랑 영역에 들어선 에리아스가 왔다.

틀렸어. 지금은 너랑 이야기할 단계가 아니야. 너는 교실에서 옆자리니까 언제든 이야기할 수 있잖아. 나는 동성 친구를 만들고 싶다고. 노지마 군과 오오타와 이야기하고 싶어.

하지만 그렇게 부루퉁한 얼굴도 아니고, 지금 에리아스는 그런대로 온후한 듯했다.

"나도 성장해. 언제까지고 네가 생각하는 잔챙이로 있지는 않아."

결국 대답하고 말았다. 무시할 수는 없었다. 아무리 상대가 에리아스여도 무시는 실례다.

"그때의 교토와 똑같은 교토여도 비교할 수 없을 만큼 즐겁지 않아? 키요미즈데라도 다르게 보이지?"

"확실하게 말해서 이미 기억에 없어."

방에서 고립되었던 기억이 너무 강렬하여 관광 부분을 다 지워 버렸다.

"여긴 좋지. 정말 좋아."

에리아스는 키요미즈 무대에 손을 올렸다. 이 정도라면 위험하지는 않으려나.

나는 그 앞에 1m쯤 떨어져 서 있었다.

"관광지니까. 일정한 퀄리티는 있지."

"키요미즈데라라는 이름이 최고야. 물 맑은 절. 게다가 오토와 폭포도 있고."

"철저히 물 이능력자의 기준이구나."

그 점에서 에리아스는 확고했다.

"뭐, 너처럼 자기 이능력에 애정을 가지고서 살아갈 수 있다면 행복하겠지."

나도 에리아스와 조금 떨어진 곳에서 키요미즈 무대에 기댔다.

"뭐야. 자기가 꼭 불행의 화신이라도 된 것처럼 말하네."

에리아스는 기막히다는 얼굴로 이쪽을 보았다.

그리고서 다시 얼굴을 돌리고 말했다.

"너는 너대로 누군가를 행복하게 만들 수 있어. …응. 내가 보증할게."

아무래도 평소와 달랐다. 에리아스치고는 나를 너무 인정하고 있었다.

디스 7할, 평가 3할 정도가 타당한 비율인데 지금 에리아스는 그것이 역전되어 있었다.

"위로는 고맙지만 가능하다면 근거가 필요해."

위화감을 지울 수 없어서 솔직하게 기뻐할 수 없었다. 왠지 뒤가 구릴 것 같았다.

"현재 내가 누군가를 행복하게 할 수 있는 일이라고 해 봤자 해로운 짐승을 퇴치하는 것 정도잖아. 적어도 행복하게 만들 수 있을 듯한 녀석과는 전혀 만나지 못했어. 뭐, 앞으로 노력할 수밖에 없지만."

에리아스가 바보를 보는 눈으로 이쪽을 보았다.

만약 페트병 뚜껑을 가지고 있었다면 나한테 날렸을 것이다.

"나, 이루고 싶은 소원이 없지는 않으니까 심심하다면 네가 무대에서 뛰어내려 제물이 되어 줘. 그러면 나를 행복하게 만들 수 있어."

"그렇게 제물을 바치는 교의는 불교에 없고, 심심하다는 이유로 제물이 되는 것에 동의하는 녀석도 없어."

"그럼 표현을 바꿀게. 부회장의 명령이야. 뛰어내려서 피떡이 되어 버려."

"학생회 임원이 아니더라도 그런 말 하면 안 되지! 아무도 너한테 투표해 주지 않을걸!"

이렇게까지 정면에서 실질적으로 죽으라는 말을 듣는 일은 거의 없다.

"윽….'

어라, 에리아스가 주춤했다. 게다가 살짝 비틀거렸다. 그렇게 효과적인 한마디였나? 별로 위압적인 말은 쓰지 않은 것 같은데?

"확실히 학생회 선거도 가깝지…. 응, 나한테 투표한 다음에 사라져. 나리히라에게도 한 표의 가치는 있어."

"그런 폭언을 듣고 투표할 녀석이 있겠냐!"

"시끄러워, 시끄러워!"

에리아스는 수학여행 안내서를 둥글게 말아 내 옆구리를 찔렀다.

이 녀석, 페트병 뚜껑도 그렇고, 자기 근처에 있는 걸 전부 무기로 이용하는 건가!

"나리히라, 내 고민만 드레인해!"

"할 수 있을 리가 없잖아! 애초에 네 인생이 나보다 훨씬 순탄하잖아!"

"아니거든! 뛰어내려, 뛰어내려! 땅 밑바닥까지 떨어져 버려!"

어딘가에서 지뢰를 밟은 모양이다.

분명 학생회 선거 때문이겠지. 에리아스, 다음에는 학생회장을 노리고 있으니까….

1학년 때도 학생회장에 입후보할 수 없어서 부회장에 입후보했을 뿐이지 학생회장이 되고 싶었을 터였다.

근데 에리아스의 이 공격은 어떻게 수습하면 좋지? 내가 무대에서 뛰어내릴 수는 없고…. 슬슬 남자 조원들 사이에 끼고 싶은데….

"타츠가와 양, 그런 지저분한 말을 쓰면 안 돼요. 지저분한 말은 자신을 더럽혀요."

우리 조에서 가장 성실하다고 생각하는 시오노미야가 즉각 말리러 왔다!

역시 시오노미야는 장래에 교사가 됐으면 좋겠다. 그리고 이로써 또 남자들한테 갈 수 없게 됐다.

"아, 아아… 조금 말이 과했어…. 나리히라가 건방지게 굴어서…."

그거, 남을 괴롭힐 때 나오는 이유 베스트 3에 들어가는 말이잖아. 전혀 변명이 안 되고 있어.

"미안, 시오노미야…. 잘못한 건 전부 나리히라지만 나도 사과할게."

"전혀 사죄가 되지 않았거든!"

과실 비율 10:0이잖아!

"난 사실을 말했어! 나리히라 때문이니까!"

에리아스가 더욱 공격적으로 변했다. 신경질 부리는 집고양이 같은 태도네!

"진정하세요. 그럼 서로에게 품은 생각을 전부 이야기하기로 해요. 그러면 두 분도 다시 예전처럼 사이가 좋아질 거예요."

한없이 착한 시오노미야는 자진해서 중개자 역할에 나서 주었다.

하지만 그것은 중개받는 측도 시오노미야처럼 착할 때나 성립하는 것이라서….

"윽… 으으…."

에리아스는 얼굴을 돌리더니 슬금슬금 뒷걸음질 쳤다. 대화할 마음이 없다는 뜻이리라.

이 녀석, 공격할 수 있는 상대와 그렇지 않은 상대가 분명하게 나뉘어 있구나. 아무래도 나한테만 공격적이고 다른 사람에게는 그렇지 않은 것 같다.

왠지 내가 괴롭히고 있는 느낌이 들어서 미안한데. 손이라도 내밀어 주고 싶어졌다. 내가 손을 내밀면 드레인이라는 강렬한 공격이 되지만….

"자, 타츠타가와 양도 뭔가 하실 말씀이 있죠? 나리히라 군과 저와 메이드장에게 말씀해 주세요."

메이드장도 들을 생각이구나…. 메이드장을 확인하니 그다지 싫지 않다는 얼굴이었다. 메이드장의 근소한 표정 변화를 나도 알 수 있게 된 모양이다.

시오노미야는 정정당당이라는 사자성어를 구현화한 듯한 인간이었다. 그리고 에리아스는 그러한 정공법에 약했다. 입이 반쯤 벌어져 있었다. 무슨 말을 할지 망설이는 느낌이었다.

"하, 할 얘기 같은 건… 없어!"

에리아스는 내 얼굴을 어색하게 쳐다보더니 얼굴을 붉히고서 무대 난간을 따라 도망갔다.

잘 모르겠지만 저 녀석이 도망쳤으니 내 승리였다.

"어머나. 대화를 나누면 분명 서로 이해할 수 있을 텐데요."

"누구나 시오노미야만큼 강하지는 않아."

요즘 세상에 대화하면 서로를 이해할 수 있다고 이렇게까지 단언하는 사람은 귀중했다.

"근데 나한테 폭언하는 횟수는 타카와시가 더 많지 않아?"

그러니 타카와시도 꾸짖어 달라는 것은 아니지만, 시오노미야는 불공평을 싫어할 것 같으니까.

그러자 시오노미야는 해맑게 웃었다.

"타카와시 양과 하구레 군 사이에는 확실한 신뢰가 있어요. 저도 그 정도는 알 수 있는걸요."

잘은 모르겠으나 서로를 신뢰하니 독설에 포함되지 않는다는 뜻인 듯하다.

"어라, 그렇다면…."

시오노미야는 메이드장 쪽을 보고서 사색하는 얼굴이 되었다. 뭔가 이야기를 나누고 있는 걸까?

"혹시 타츠타가와 양도 하구레 군을 신뢰하기에 그런 말을 했던 걸까요…?"

"신뢰라…. 핑계로 쓰기 딱 좋은 말이긴 하지만, 전혀 없지는 않을 거야….''

내가 우울해하고 있으면 세 번에 두 번은 추격타를 날릴 것 같으나, 세 번에 한 번쯤은 조언해 줄 것 같다는 느낌도 없지는 않았다. 이번에도 그런 것이었을까?

단순히 나를 괴롭혀서 스트레스를 발산하고 싶었을 뿐일지도 모르지만.

"저기… 슬슬 이동하지 않을래…?"

오오타를 데리고 온 노지마 군이 조심스럽게 말했다.

어이쿠, 키요미즈 무대 위에서 꽤 시간을 썼다….

타카와시와 이신덴, 그리고 에리아스도 돌아왔다.

결국 남자의 대화에 끼지 못했지만… 다음번이 있다! 다음번에 만회하겠어!

"그러네. 절경을 보면 드리코도 그레 군을 용서할 수 있을 만큼 마음이 넓어질 거야. 이번에는 무대 위가 아니라 멀찍이서 무대를 볼 수 있는 곳으로 가자."

"이제 불평하기도 지쳤으니 드리코라고 부르든 말든 마음대로 해….''

마침내 에리아스가 드리코라고 부르는 것을 정식으로 인정했다. 역사적인 순간이었다. 부회장의 권위도 타카와시에게는 전혀 효과가 없다는 것을 아주 잘 알았다.

이번에는 타카와시와 이신덴 사이에 에리아스도 껴서 셋이서 이야기했다.

그 뒤에 노지마 군과 오오타, 나는 제일 뒤에서 따라갔다.

"저기, 나리히라 군은 타츠타가와 양과도 사이가 좋다고 생각하면 될까요?"

내 옆얼굴을 살피며 시오노미야가 말했다.

"저는 가감할 줄을 몰라서…. 쓸데없는 말을 했다면 자중할게요…."

시오노미야의 그런 진중한 표정을 보고 있으니 왠지 웃음이 나왔다.

"괜찮아. 시오노미야에게는 정말 감사하고 있어. 그리고 에리아스한테는 이따금 화가 나니까."

그녀는 한결같이 성실하게 살고 있었다.

다소 엉뚱하게 빗나가기도 하지만 노력이 전해지기에 불쾌하지는 않았다.

다이후쿠도 그런 시오노미야의 장점을 알고 좋아하게 되었을 것이다.

"시오노미야는 지금 이대로도 좋아. 모두가 시오노미야에게 바라는 것도 그걸 거야."

기본적인 자세는 전혀 바뀌지 않았는데 지금의 시오노미야는 무척 긍정적으로 느껴졌다. 처음에는 헛돌았던 톱니바퀴가 마침내 맞물리기 시작했다고 할까.

나도 이만큼 바뀔 수 있을 터였다. 지고 있을 수는 없다.

"그런가요. 그럼 앞으로도 잘 부탁드려요."

꽃이 피어나듯 시오노미야가 환하게 미소 지었다.

남자 친구도 아니면서 이 미소를 지키고 싶다고 생각했다.

"내일 오전에도 여러분을 책임지고 전신전령으로 안내하겠어요!"

그러고 보니 내일은 인관연 멤버를 중심으로 시오노미야가 에스코트해 주기로 했지.

"그렇게까지 기합이 들어가지 않아도 괜찮지만…."

그러나 이런 방식이 시오노미야를 만들고 있다고도 할 수 있으니 어려운 부분이다…. 대충대충 하는 법을 배운 시오노미야라니 상상하기 힘들었다.

그런 생각을 하다 보니 나랑 시오노미야만 뒤처져 있었다. 메이드장까지 손을 움직여 재촉했다.

"아, 애들 놓치겠다. 서두르자!"

우리의 눈앞에는 키요미즈 무대가 펼쳐져 있었다.

무대 맞은편, 키요미즈 무대의 유명한 촬영스폿에 우리는 있었다.

당연하지만 무대 위에서는 무대의 전경을 보기 힘들었다. 다행히 타카와시도 에리아스도 무대에서 날 떨어뜨리지는 않았다.

"절경이네. 정말 귀중한 경관이야. 헤이안 귀족이 아니어도 막이 바람에 펄럭이는 모습에서 깊은 정취를 느끼지 않을까?"

딱히 타카와시는 마음이 깨끗해지는 마법의 나무 열매를 먹은 것이 아니다.

"타카와시, 그만큼 비아냥거렸으면 충분해…."

우리의 눈앞에는 공사 중인 키요미즈 무대가 우뚝 서 있었다.

훌륭하게 수리 도중이었다!

토대의 기둥 부분을 시트로 덮었을 뿐이라 아까 무대 위에 있을 때는 눈치채지 못했지만.

그야 목조 건물에 엄청난 수의 관광객이 오르는 것이니 정기적인 점검도 필요하겠지. 게다가 국보 건축물이므로 깨끗하게 유지해야 할 테고.

하지만 설마 우리가 오는 타이밍에 공사를 할 줄이야….

이신덴이 "오히려 귀중한 경험이야. 반대로 이런 건 볼 기회가 없잖아."라면서 타카와시를 위로했다. 이신덴이 마음 쓰게 만들지 마.

"괜찮아, 이신덴. 나는 과거에 키요미즈 무대를 본 그레 군과 드리코에게 아주 조금 화풀이하고 싶을 뿐이니까. 너한테 위해를 가할 일은 절대로 없어."

문맥상 내게는 위해를 가할 가능성이 있다는 것처럼 들렸다.

노지마 군과 오오타는 공사하지 않을 때의 무대 사진을 스마트폰으로 보고 있었다. 그렇게 해서 봤다고 치는 거구나.

"뭐, 좋아. 무대를 지날 때 이런 모습이란 건 알았으니까. 오히려 이 실망스러움을 확인하기 위해 서둘러 이 촬영스폿까지 온 거지."

그런 걸 확인하는 일에 조원들을 끌어들이지 말았으면 좋겠다.

"응, 그렇지!"

이신덴이 동조했다. 예상외였다.

"이제 모든 준비를 마쳤으니 그 파워스폿에 갈 수 있어!"

오늘 하루 본 것 중에서 이신덴에게 가장 기합이 많이 들어가 있었다.

한편 타카와시는 오늘 하루 본 것 중에서 가장 껄끄러운 얼굴을 하고 있었다.

이 근처에 있는 장소 중에서 여자가 들뜰 만한 곳이라면 거기겠지….

'인연을 맺어 주는 신' '연분' '양연 기원' '사랑운 제비'

그런 문자열이 입구에서부터 잔뜩 걸려 있었다.

지주 신사—거의 키요미즈데라의 경내라고 볼 수 있는 곳에 있는 작은 신사지만, 사랑을 이루어 주는 신을 모신 곳이라며 수학여행 온 학생이나 관광객에게 지대한 인기를 자랑했다.

나는 무심코 압도되어서 두 남자 조원에게 말을 걸었다.

"여기… 리얼충이 아닌 사람이 들어가면 벌 받을 것 같지 않아?"

자학 소재는 잘못 쓰면 그저 안쓰럽기만 한 결과가 되지만, 이 타이밍이라면 아마도 OK일 것이다. 두 사람도 신사의 강렬한 자기주장에 깜짝 놀랐을 터였다.

"그렇지…. 좀 무섭긴 하다….""아는 사람이랑 별로 만나고 싶지 않아…."

노지마 군과 오오타도 쓴웃음을 짓고 있었다. 세 남자의 마음이 하나가 되었다. 공통된 적에게 맞서려면 이러한 결속이 필요했다. 힘을 합치지 않으면 당한다.

신은 적수가 아니고 오히려 인연을 맺어 주는 아군일 테지만, 유감스럽게도 리얼충 별에서 왔다는 듯 러브러브한 주변 커플들의 분위기에 우리는 압도되어 있었다.

그보다 이미 러브러브하다면 여기 올 이유가 없잖아….

"드디어 왔어! 드디어!"

우리와는 대조적으로 이신덴은 스마트폰으로 찰칵찰칵 촬영 중이었다.

"자, 찍는다~!"

심지어 시선을 피한 타카와시와 함께 셀카를 찍고 있었다. 진짜로 하는 녀석이 있었어!

여자끼리만 할 수 있는 일을 만끽하고 있으니 타카와시도 감개무량할 것이다. 본인은 상당히 쑥스러워하는 것 같지만.

"이곳은 테마파크처럼 보이지만 사당은 400년쯤 전인 에도 시대 전기의 건축물이고, 엄밀히는 세계 유산의 일부로 포함된 유서 깊은 신사예요, 라고 메이드장이 말하고 있네요."

시오노미야와 메이드장은 여기서도 한결같았다. 태도가 당당하다는 점에서는 이신덴 쪽이었다.

그러나 맨먼저 기둥문을 지난 것은 이신덴도 시오노미야도 아니었다.

에리아스가 엄격한 표정으로 경내에 들어갔다.

그리고 새전함에 500엔 동전을 넣고서 손뼉을 짝짝 치고 기도한 후,

연애 계통의 운세 제비를 뽑았다.

매끄러운 흐름이었고 표정이 진지해서 누구도 농담을 던지지 못했다.

이 녀석, 혹시 좋아하는 남자라도 있는 건가? 이 분위기를

보면 있다고 생각하는 편이 좋겠지….

잠깐만, 혹시 학생회 선거 때문인가? 그것도 인연이라고 하면 인연이니까…. 하지만 그 문제로 연애 계통의 운세 제비는 뽑지 않을 것이다. 어쨌든 가볍게 물어볼 만한 분위기는 아니었다.

유일하게 이신덴만이 뒤에서 "있지, 있지, 타츠타가와. 운세 어떻게 나왔어?" 하고 물어보는 것이 고작이었다.

에리아스가 연약하게 웃으며 운세 제비를 보여 주었다.

"소길이야. 요약하자면 운명은 스스로 개척하라는 말이 적혀 있었어."

어깨를 떨군 에리아스는 운세 제비를 매달고 토끼 장식품에 말을 걸었다.

"그렇지. 내 인생이니까 내가 어떻게든 해야 해…."

적어도 메이드장에게 말을 걸어 줘. 토끼 장식품과 대화하려고 하지 마.

"그러고 보니 솔직해지라는 말도 적혀 있었어. 솔직, 인가…. 간단해 보이지만 굉장히 어려운 일이지…. 그런 당연한 일이 안 된단 말이야…."

마음의 소리가 전부 흘러나오고 있었다.

이 현상이 마음속 오픈이라면 타카와시가 시선을 맞추지 못하는 것도 당연했다.

소길이 나온 것치고는 충격을 크게 받았네. 기뻐할 일이 아닐지도 모르지만 '내일 크게 다친다'라고 적혀 있는 것도 아니니까 울적해할 필요는 없잖아···. 그런 일로 울적해하면 내 인생은 대흉 클래스야.

"저기, 나리히라··· 저런 모습을 보니 역시 우리는 가볍게 와선 안 된다는 기분이 들지 않아···?"

노지마 군도 어색하고 불편해 보이는 얼굴을 하고 있었다. 노지마 군은 외톨이가 아니지만, 적어도 천진난만하게 즐거워할 만한 기운은 없는 것 같았다. 나도 에리아스의 반응이 조금 무서웠다.

"알 것 같아. 특정한 상대가 있는 것도 아닌데 남자가 여기서 운세 제비를 뽑는 건 허들이 높아···."

여자끼리라면 사랑 이야기로 즐겁게 떠들 수 있지만 남자끼리는 그렇지 않았다.

그런 상황인데 주위에서는 리얼충으로 보이는 사람들이 시끄럽게 떠들어 댔다. 심지어 교토라는 장소의 특성상 세계적인 리얼충이 모인지라 강력한 리얼충 기운이 나를 괴롭혔다···.

인생을 진심으로 즐기는 캐릭터가 아니라면 이곳에 있기는 힘들다···.

타카와시는 이 분위기 속에서 괜찮을까? 의외로 이신덴과 만끽하고 있으려나?

사당 앞에 타카와시가 혼자 서 있었다.

그리고 고속으로 인사 두 번, 박수 두 번, 인사 한 번이라는 신사 참배의 작법을 해치웠다. 이토록 기계적이라는 표현이 딱 맞는 참배도 보기 힘들었다.

"후우, 끝났네. 다음 장소로 가자."

그리고 냉큼 돌아가려고 했다.

당장 이 분위기에서 탈출할 셈인가!

옳다고도 할 수 있는 행동이지만!

참배는 했으니 말이지. 꼬리를 말고 도망친 것도 아니고 할 일은 했다.

하지만 그런 타카와시의 손을 이신덴이 붙잡았다.

"엔쥬, 도망치면 안 돼."

"도망치는 거 아니야. 싸웠어…."

신사와 싸우지 마.

"모처럼 여기까지 왔잖아. 즐기지 않으면 아까워!"

"오히려 이런 곳에 오래 있는 시간이 아까워…."

도망치려고 하는 타카와시, 그 자세를 허락하지 않는 이신덴.

이미 타카와시는 역학 관계에서 완전히 밀리고 있었다. 타카와시를 힘으로 누른 것은 이신덴이 처음이지 않을까?

"저기 봐, 엔쥬! 저거 하자!"

이신덴이 가리킨 곳에는 돌이 있었다.

물론 길가의 돌멩이는 아니었다. '사랑을 점치는 돌'이라고 명명된, 금줄이 쳐진 돌이었다. 어찌 되든 좋지만, 금줄을 치면 갑자기 신성한 느낌이 든단 말이지. 만약 메이드장이 금줄을 두르고 있다면 그 앞에서 합장하게 되지 않을까.

그 돌에서 10~15m쯤 떨어진 곳에도 비슷한 돌이 있었다.

"눈을 감고 또 다른 돌에 도달하면 소원이 이루어진대!"

"뭐…? 그런 리얼충의 극치 같은 일을 나보고 하라고…? 경우에 따라서는 고소할 수도 있어. 애초에 나는 좋아하는 인류 따위 없어."

이건 독설이 아니라 순수한 본심이겠지….

"연애가 아닌 다른 소원이어도 괜찮으니까 해 보자!"

"돌 따위가 소원을 들어준다면 지금쯤 전 세계 사람이 석유왕이 되어 룰루랄라일 거야."

그 세계, 일단 석유가 너무 많이 샘솟고, 석유의 가치가 대폭락할 테니 룰루랄라할 수 없을걸.

타카와시는 이신덴에게도 불만을 말했다. 친구라고 아무 말도 하지 않는 불공평함이 없는 것이 타카와시 스타일이었다. 그래도 그 말의 힘은 평소보다 훨씬 약했다. 시선을 맞추지 못해서 그렇기도 하겠지만.

"내가 가이드가 되어 방향을 알려 줄 테니까 괜찮아! 하자, 하자!"

이신덴이 가차 없이 타카와시를 몰아붙였다.

그녀에게서 압도적인 여고생의 힘이 흘러넘쳤다. 아이카에게서도 비슷한 감각을 맛보았다. 이것이 바로 진정한 여고생이다!

사슴에 단풍이 잘 어울리는 것처럼, 인연을 맺어 주는 신사에는 여고생이 잘 어울렸다.

"아, 알겠어…. 하면 되잖아…. 단, 뎅짱도 할 것. 알겠지?"

타카와시가 마침내 꺾였다.

그리고 뎅짱이라는 호칭이 본격적으로 해금되었다.

"응, 좋아. 할게, 할게!"

타카와시로서는 창피한 일을 상대에게도 강요하여 수지 타산을 맞추려고 한 것 같지만, 이신덴은 오히려 자진해서 할 생각이었던 듯했다.

여태껏 타카와시가 축적한 전술이 효과가 없었다. 타카와시도 충격받지 않았을까.

"하겠다고 했으니 하겠어…. 유언실행, 유언실행…."

그런 말을 하는 것부터가 상당히 하기 싫다는 뜻이었다.

타카와시는 연약한 발걸음으로 입구 쪽 돌을 터치했다.

눈을 감은 타카와시는 구부정하게 몸을 숙이고서 안쪽 돌을 향해 비틀비틀 걸었다.

당연히 눈을 감고 있으니 타카와시의 움직임은 어색했다. 실

눈을 뜬다는 꼼수도 쓰지 않는 모양이었다. 그게 아니라면 이런 창피한 모습을 다른 사람에게 보여 줄 리가 없었다.

"뭔가 로봇 같네."

평소 당한 것에 대한 보복인지 에리아스가 자연스럽게 우롱했다. 아장걸음에 가까운 것은 틀림없었다.

"드리코. 나중에 널 카모강에 가라앉힐 거야."

신사에서 살해를 예고하지 마. 그리고 아장아장 걷고 있어서 안 무서워.

"해학미가 있네요."

시오노미야의 말은 어려워서 잘 모르겠지만 아마도 재미있다는 뜻이겠지.

일반 참배자를 방해하는 것이 아닐까 하는 걱정도 들었으나, 돌을 찾는 사람이라는 존재 자체가 일종의 어트랙션이라 오히려 호의적인 취급을 받았다. 확실히 이곳은 테마파크 같은 곳이고.

"다 왔어?"

"아니, 좀 더 앞. 아! 오른쪽으로 너무 이동했어! 아냐, 아냐! 내 쪽에서 오른쪽이니까 엔쥬한테는 왼쪽!"

"도대체 어느 쪽으로 돌라는 거야!"

지금 이 모습을 스마트폰으로 촬영해 둘까. 하지만 들키면 가차 없는 복수를 당할 위험이 크다…. 조용히 지켜보자….

"엔쥬가 봤을 때 오른쪽으로 천천히 돌아와! 그런 다음에 당당히 다섯 걸음 앞으로!"

"이, 이런 상태에서 당당히 굴 수 있을 리가 없잖아…."

그래도 타카와시가 돌에 다가갔을 때는 나랑 시오노미야도 "오, 되겠다, 되겠다!" "바로 그거예요!" 하고 외치고 말았다.

"타카와시가 돌에 도달하면 내 소원도 이것저것 성취되기를…."

에리아스는 혼잡한 틈을 타서 손 안 대고 코를 풀려고 했다.

"그런 오리지널 룰은 없어!"

"시끄러워! 너는 신도 아니고 신사 관계자도 아니니까 트집 잡지 마!"

지극히 표준적인 지적을 했다고 생각했는데 유난히 공격적이었다.

아무튼 수수께끼의 일체감이 있었다.

그리고 마침내 타카와시의 손이….

돌에 닿았다!

"아, 뭔가 닿았어. 차가워. 이거야? 눈, 떠도 돼?"

"해냈어! 굉장해, 엔쥬!"

이신덴이 타카와시의 손을 잡았다.

노지마 군과 오오타도 박수로 칭송했다. 수학여행다운 한 장면이었다.

어느새 전혀 관계없는 구경꾼과 외국인 관광객까지 박수를 치며 좋아하고 있었다.

타카와시가 무슨 소원을 빌었는지는 모르지만 오늘 일은 좋은 추억으로 남지 않을까?

그러고 보니 나도 신사에서 기도 정도는 해 둘까. 이대로 참배하지 않고 돌아가는 것도 매너 위반일 것 같고, 즐거운 경험을 했으니 새전을 넣고 싶다.

사당 앞에서 머리를 숙이고 눈을 감았다.

연애 성취를 기도하는 것은 과한 욕심일 것 같았지만 이렇게는 생각했다.

아이카와…… 아니, 인관연이 좋은 관계로 있을 수 있기를.

너무 추상적이라서 신도 난처하려나.

솔직히 인관연 멤버들이 행복하다면 나도 행복하다.

"그레 군은 뭐라고 기도했어?"

귓가에서 목소리가 들려서 나도 모르게 뒤로 펄쩍 물러날 뻔했다.

타카와시가 바로 옆에 서 있었다. 드레인이 있으니까 너무 가까이 오지 마….

"기원의 내용은 말 안 해. 너도 돌에 도달했을 때 무슨 소원을 빌었는지 말할 생각 없잖아?"

인관연의 행복을 기도하기는 했으나 일단 맨 처음에 아이카의 이름이 떠오른 것은 사실이었다.

하지만 아이카에 관해서도 인관연에 관해서도 타카와시는 이미 짐작했을 것이다. 내 인간관계는 매우 좁았다.

"뭐, 애초에 그레 군의 기도 내용이 궁금하냐고 묻는다면 별반 관심도 없지."

"그럴지도 모르지만 굳이 말하지 않아도 돼!"

"무엇보다 신에게 기도해서 어떻게든 된다면 아무도 고생 안 해. 우리는 인관연을 만들어서 외톨이 탈출을 꾀했고, 직접 움직일 수밖에 없어."

"무슨 말을 하고 싶은지는 알겠지만 적어도 신사 경내를 나간 다음에 말해."

그 발언은 일종의 업무 방해야….

"참고로 고개 아래에 인연을 끊어 주는 걸로 유명한 야스이 콘피라구도 있다는 것 같아."

"절연 정보를 여기서 가르쳐 주지 마!"

"저주 같은 글이 적힌 소원판이 우글우글하대. 제법 재미있는 장소야."

남의 저주를 재미있다고 형용하지 마.

다만 이때의 타카와시는 가벼운 통과 의례를 해치웠기 때문인지 악연이 끊어진 듯한 후련한 얼굴을 하고 있었다.

역시 이 녀석은 이능력이 없다면 본보기와 같은 미소녀 여고생이었을 것이다. 성격은 이능력과 관계없이 지금처럼 나쁠지도 모르지만, 성격 나쁜 미소녀 여고생은 얼마든지 있지 않을까.

아무쪼록 타카와시를 착실한 여고생으로 만들어 달라고 나는 마음속으로 기도했다.

신이 아니라 이신덴에게….

★

그 뒤로도 우리는 야사카 탑, 코다이지, 기온 거리 등 유명한 루트를 돌았다.

그리고 기온 근처에서 전혀 예기치 못한 빅 이벤트가 일어났다.

시작은 이신덴의 한마디였다.

"모처럼 기온에 왔으니까 전통복 입어 보지 않을래? 저기서 빌릴 수 있나 봐!"

나는 마음속으로 그 착안점은 훌륭하다고 이중으로 동그라미를 쳤다.

"덴짱, 전통복을 입는 것에 무슨 의의가 있어?"

타카와시가 가벼운 잽으로 시답잖은 소리를 날렸으나 이신덴에게는 효과가 없었다.

"엔쥬는 분명 잘 어울릴 거야! 이런 건 혼자 여행 와서는 못 하잖아! 다 같이 하면 무섭지 않아!"

내 머릿속에서 타카와시의 검은 칸이 이신덴의 흰색으로 차례차례 뒤집히고 있었다. 이신덴이라는 검은 군함이 내항하여 타카와시도 개국하는 것이다. 어라, 예시 때문에 이신덴이 흰색인지 검은색인지 알 수 없게 됐어….

"흐응, 뭐, 이런 기회니까 좋지 않을까? 혼자서는 창피해도 다 같이 하면 괜찮다는 건 모르는 바도 아니고."

"평소에는 할 수 없는 체험을 하는 건 매우 뜻깊은 일이라고 메이드장도 말하고 있어요."

에리아스와 시오노미야의 허가도 떨어졌다.

이리하여 여자 전원이 옷을 갈아입게 되었다.

전통복을 입는 데는 꽤 시간이 걸렸다. 티셔츠를 입는 것과는 사정이 달랐다. 그사이에 남자 셋이서 기온 근처를 돌아다니게 되었다.

덕분에 키요미즈데라에서는 할 수 없었던 남자들의 수다가 이루어졌다. 심지어 여자가 기모노 차림이 된다는 좋은 이야깃거리도 있었다. 정말이지 고마웠다.

내가 유도할 것도 없이 화제는 기모노가 되었다.

말수가 많지는 않은 오오타마저 기대된다고 할 정도였다.

"내가 입는 것도 아닌데 기분이 들뜨지. 이해해."

"정말로 살맛 난다."

"응⋯? 미안, 무슨 뜻으로 말한 감상인지 잘 모르겠는데⋯."

노지마 군이 '오오타는 이따금 엉뚱한 소리를 한다'고 해설해 주었다. 너무 깊이 파고들면 안 될 것 같다.

"귀중한 일이야. 이런 기회는 여자 친구가 생기지 않는 한 찾아오지 않는걸."

"그건 지당한 말이지⋯."

내 인생에서 이것이 최초이자 최후일지도 모른다.

노지마 군의 말을 들으니 고마운 일이라고 태평하게 말할 수 없게 되었다.

"좀처럼 진정이 안 돼."

오오타가 또 나직이 말했다.

"그러네⋯. 이만 돌아갈까."

우리는 예정보다 조금 일찍 가게로 돌아갔다.

나오는 순서는 내 예상과 달랐다.

타카와시가 선두였다. 이런 상황에서는 마지막에 마지못해 나올 줄 알았는데.

하지만 선두였던 이유는 명백했다. 타카와시의 등을 이신덴이 밀고 있었다. 그러지 않았다면 내 예상대로 제일 끝에 있었을 것이다.

"어때⋯? 아니, 특별히 감상을 듣고 싶은 건 아니지만⋯."

타카와시의 표정이 딱딱한 만큼 결과적으로 정숙한 분위기가 풍겼다.

그 기모노 차림을 보고 나는 무심코 이런 감상을 흘렸다.

"사기야."

"뭐가 사기라는 거야. 구체적으로 말해 봐."

한순간 타카와시가 노려봤지만 지금 타카와시의 눈빛은 그다지 매섭지 않았다. 수치심을 다 감추지 못할 때의 타카와시는 그렇게까지 무섭지 않기 때문이다.

"네가 청초해 보여. 명백한 사기야."

타카와시의 기모노는 연둣빛이었다. 자기주장이 강한 무늬나 색깔은 아니었지만 그만큼 타카와시의 흑발과 잘 어울렸다.

"마침내 나의 넉넉한 마음을 알아차렸구나."

우쭐해진 타카와시가 불손한 말을 했다.

하지만 지금의 타카와시는 마음이 넉넉한지는 차치하더라도 매우 근사했다.

"엔쥬, 역시 엄청 잘 어울려! 그치? 나리히라 군."

이신덴이 어째선지 내게 동의를 구했다. 참고로 이신덴은 이 능력으로 몸도 크게 키운 상태였다. 그편이 전통복에 어울린다고 생각했을 것이다.

"응… 잘 어울리기는 해…."

"나리히라 군, 여자가 평소와 다른 차림을 하고 있을 때는 제대로 칭찬해야 해.”

수수께끼의 조언을 받았다. 왜 여기서 나만 지도를 받는 것인지 모르겠다. 나는 그렇게나 여심을 모르고 여자를 불쾌하게 만들었던 걸까…?

“뎅짱… 괜한 짓 하지 마…. 그레 군뿐만 아니라 너까지 없애야 하는 상황이 돼….”

타카와시도 곤혹스러워하는 것 같지만, 아무렇지도 않게 나에 대한 살해 예고가 들어가 있었다.

“하지만 내가 봐도 진짜 괜찮은 것 같아. 요조숙녀라는 느낌이 드는걸.”

타카와시가 요조숙녀…? 만약 일본에 요조숙녀협회가 있다면 가만히 있는데 피해를 주게 되어 미안하다고 사과해야 할 판이었다. 이 녀석의 성은 독수리 취(鷲) 자가 들어가는 타카와시(高鷲), 맹금류라고.

그러나 아무것도 모르는 사람이 지금의 타카와시를 본다면 수줍어하는 단아한 소녀라고 느낄 만도 했다. 요조숙녀라고 말하지 못할 것도 없었다.

물론 다른 여자애들도 기모노 차림이었다.

에리아스는 가슴이… 유독 두드러져서 조금 시선을 주기 어려웠다. 색깔이나 무늬에 시선이 가질 않아….

“응, 살맛 난다.” 하고 오오타가 작은 목소리로 말했다.

이 녀석, 안 그런 척하면서 실은 엄청 밝히는 거 아니야…?

"드리코는 이런 옷에 적합하지 않은 체형이구나. 알고 있었지만."

"타츠타가와는 중학생 때부터 그렇게 컸어?"

타카와시와 이신덴 페어는 완전히 우리와 똑같은 곳에 주목하고 있었다.

"몰라! 그런 거 일일이 기억 안 해!"

에리아스의 모습을 보면 전에도 비슷한 경험이 있었던 모양이다.

"이신덴 양은 언니 버전이군요."

성실한 시오노미야는 에리아스의 가슴이 아니라 이신덴을 보고 있었다.

"맞아. 모처럼 입는 거니까 키가 큰 쪽을 선택했어."

이신덴은 이능력으로 누님처럼 변한 상태였다. 그 자리에서 빙글빙글 돌았다.

또 오오타가 "살맛 납니다."라고 말했다. 너한테 살맛이란 건 뭐야.

"시오노미야도 잘 어울려. 분홍색이 시오노미야랑 딱 맞아."

이신덴은 다른 사람을 칭찬하는 데 능숙하다고 할까, 빠르다고 느꼈다. 나는 대체로 위축되어서 타인을 평가하는 말도 늦어졌다. 타카와시 정도로 편하게 떠들 수 있는 사이가 아니면 말하지 못했다.

"메이드장이 골라 줬답니다."

메이드장, 어떤 지식이든 있는 건가.

또한 메이드장도 전통복 차림이었다. 가게에서 빌리지는 않았을 테니 멋대로 메이드장이 옷을 바꿨을 것이다.

나로서는 4인 4색의 전통복 체험을 감상할 수 있어서 눈이 호강했다.

"그럼 모처럼 입었으니까 이 차림으로 걸을까?"

가슴을 신경 쓰면서도 에리아스는 수학여행을 철저히 맛볼 생각인 듯했다.

"에리아스 너도 전통복이 꽤 잘 어울려. 축제 때도 그랬지만 아주 자연스럽게 소화하고 있어."

"어? 그, 그래…? 나리히라치고는 괜찮은 말을 하네. 나리히라치고는…."

"기뻐하고 싶은 거야, 나를 짜증 나게 만들고 싶은 거야? 하나만 해…."

본인은 기뻐 보이니까 됐나. 이신덴이 직전에 말해 준 대로 바뀐 옷차림을 일단 칭찬하는 것은 중요한 모양이다.

"나리히라, 이 근처에 전통복이 잘 어울리는 장소 어디 없어?"

그런 건 교토 사람한테 물어봐. 적어도 원래 칸사이에서 살았던 시오노미야한테 물어봐. 하지만 지목받은 이상은 뭐라도 대답해야 하려나.

"으음… 여기가 바로 기온이고, 이 주변을 돌아다니면….'

"그래, 다 같이 야사카 신사까지 가자. 바로 근처니까 딱 좋아."

"나한테 왜 물어본 거야?!"

"도움이 안 된다는 걸 알았어."

히죽히죽 웃고 말이야…. 네가 학생회장에 입후보해도 투표 안 할 거야….

"자자, 가자. 기모노 입고는 빨리 못 걸으니까 남자들은 신경 써 줘."

너도 조금이라도 좋으니 나한테 신경 좀 써.

에리아스는 나에게 손을 척 내밀었다.

아마도 무의식중에 그런 거겠지만.

"어? 아니, 나는 드레인이 있으니까."

"아… 그러네! 그랬지, 그랬지 참….'

손을 감추듯 휙 거두어들였다.

옷을 갈아입은 탓인지, 아니면 수학여행이라 들떴는지 다소 정서가 불안정했다. 항상 태도가 거만한데, 가게 밖으로 나오자마자 유난히 긴장하며 움츠러들었다. 동네 사람들이 쳐다보는 것이 부끄러운 걸까?

나는 1m를 확실하게 벌리고서 에리아스 옆에 섰다.

"옆에서 나란히 걷는 것 정도는 괜찮지 않을까."

"응, 그렇게 해 줘….”

고개를 살짝 숙이고서 에리아스는 천천히, 천천히 걸었다. 나도 그 페이스에 맞췄다.

"야사카 신사의 샘물도 마셔 보고 싶었어."

"그냥 물이 맛있는 곳에 가고 싶었던 거냐."

"장래에 물과 관련된 일을 하게 될 테니까."

그렇게 말한 에리아스의 얼굴이 어째선지 흐려진 것처럼 보였다.

10년 후에 일하고 있는 자신을 상상이라도 한 거겠지. 연구 기관 등에서 수많은 러브콜을 받더라도, 일하고 있는 걸 생각하면 기쁘지만은 않을 것이다.

야사카 신사에 도착하자 시오노미야가 자세히 해설해 줬으나, 너무 자세해서 거의 아무것도 기억에 남지 않았다. 내일도 이런 느낌으로 시오노미야의 설명이 이어지는 걸까. 사전에 예습이 필요하겠어.

설명이 끝나니 자연스럽게 각자 신사를 산책하는 흐름이 되었다. 시간도 늦어졌고, 옷을 빌린 가게에 돌아가는 것을 고려하면 이 근처를 돌아다니는 것이 오늘의 마지막 코스이리라.

"나리히라."

남자들과 같이 돌아다닐까 생각하고 있을 때, 에리아스가 나를 불러 세웠다.

"이쪽에 잠깐만 와 주지 않을래?"

에리아스는 묘하게 진지한 얼굴이었다.

"알겠어, 알겠어."

무슨 용건인지 묻지 않고 따르기로 했다.

신사와 에리아스의 조합은 뭔가 인연이 있었다. 중학생 때도, 올해 여름 축제 때도, 이것저것 있었다.

의도치 않게 에리아스와 단둘이 있게 되었다.

에리아스여도 의식하게 되냐고 묻는다면… 의식되었다.

특히 기모노 때문에 에리아스도 4할은 더 매력적으로 보였다.

에리아스와 함께 온 곳은 경내 한쪽에 있는 샘터였다.

음용 시에는 혹시 모르니 끓여서 마시라는 주의문이 있었지만, 반대로 말하자면 음용수로 쓰기 위해 퍼 가는 사람이나 여기서 마시는 사람도 있다는 뜻이었다.

에리아스는 손으로 물을 떠서 마셨다. 이 녀석이라면 정화할 수 있으니 문제없을 것이다.

"응, 맛있어! 샘물 특유의 순한 맛이 나."

"워터 소믈리에야? 뭐, 네가 취직할 방면을 생각하면 완전히 틀린 말도 아닌가."

그야말로 에리아스는 그러한 방면에 필요했고, 이능력의 공헌 레벨도 높았다.

"뭐, 그렇지. 그래서 다음 학생회 선거가 마지막 기회야."

내 쪽을 본 에리아스의 표정이 애틋해서 심장에 좋지 않았다.

몇 번 헛다리를 짚었는지 모르겠지만 이번에야말로 고백받는 게 아닐까….

하지만 에리아스의 표정은 곧장 자조적인 쓴웃음으로 바뀌었다.

아, 또 쓸데없는 생각을 해 버렸어….

"내 인생 중에서는 아마 학생회장이 가장 정의의 편에 가까울 거야. 그게 뭐 대단한 건가 싶지? 하지만 나는 경찰관도 재판관도 되지 않을 테니까."

정의의 편이 되는 것, 그것이 에리아스의 바람이자 꿈이었다는 것은 나도 알고 있다.

본인의 이능력이 그것에 전혀 적합하지 않지만 사회에는 지극히 유용하다는 것도.

"학생회장에 입후보하는 사람은 그렇게 많지 않을 테고, 현 부회장이 출마한다면 당선되겠지."

"정말로 그럴까…? 1학기 표창 집회 때도 자만했다가 실수했고…."

내가 선거 전문가는 아니지만, 지금 에리아스가 매우 불안해하고 있다는 것은 표정으로 알 수 있었다.

오늘 정서가 불안정한 것도 이 때문이다.

"그건 무사히 해결했잖아. 아이카도 원망하고 있지 않아. 그렇게 엄청난 인기인이 세이고에 있는 것도 아니고, 평범하게 생각하면 네가 당선될 거야."

"그럼 회장이 됐다고 쳐…. 회장이 돼도 톱니바퀴의 일부인 채 끝나지 않을까…?"

에리아스는 시선만 올려서 내 얼굴을 들여다보았다.

적인 나를 의지해야만 할 정도로 불안한 거구나.

드레인이 있는데도 에리아스는 아마 무의식중에 내게 한 걸음 다가왔다.

학생회 임원에 입후보할 생각 따위는 살면서 1초도 한 적이 없었기에 신경 쓰지 않았지만, 입후보하는 인간에게도 고민이 있었다.

"톱니바퀴로 끝날지 카리스마 학생회장이 될지는 너한테 달렸어."

이능력이 없었다면 어깨라도 툭툭 두드려 줄 수 있었을까? 아니, 그런 느끼한 짓은 못 할 거야…. 무리야, 무리….

"그러니까 제대로 해 봐. 그랬는데도 안 된다면 체념할 수 있겠지. 어중간하게 노력하고 끝내는 정의의 편은 없으니까."

말을 마치고 나니 공연히 무서워졌다.

이런 말로 괜찮았을까? 너무 진부하지 않았을까?

그렇다고 명언을 떠올릴 만큼 인생 경험이 풍부하지도 않았다….

한동안 에리아스는 입을 다물고 있었지만 이내 결심이 섰는지 평소의 표정으로, 즉 나를 놀릴 때의 표정으로 돌아왔다.

"나리히라치고는 제대로 된 말을 하네. 응, 생각보다 제대로 된 말이었어."

"너 말이다…. 비평하기 전에 고맙다고 한마디라도 해…."

"고마워."

나직이 말하고서 에리아스는 악역처럼 히죽 웃었다.

"이제 만족했어? 나리히라."

얄밉다….

샘물이라도 뿌려 주고 싶지만, 에리아스가 입고 있는 옷은 가게에서 빌린 것이라 그럴 수도 없었다.

"응, 나리히라한테라도 얘기해 보길 잘했네. 조금 후련해졌어."

에리아스는 손으로 샘물을 받아 다시 한 모금 마셨다. 그렇게나 맛있는지 웃음을 지었다.

"나는 좀 불만스럽지만 말이지…."

"하지만 나리히라도 예전보다는 괜찮은 얼굴을 할 때가 많아졌어. 인관연 덕분이지 않을까?"

마침내 직접적으로 칭찬받았다. 별로 수지 타산이 맞지 않았다.

"그래, 고맙다."

"아니, 그건 인관연 덕분이지 나리히라의 힘은 아니려나…."

"조금만 더 내게 상냥해진다고 벌을 받지는 않을 거야!"

그 후 에리아스는 다른 여자들과 합류했고 나도 남자들에게
갔다.

자잘하게 반성할 점은 있지만 대체로 만족스러운 수학여행
첫날이었던 것 같다.

적어도 만족도를 따지자면 내 수학여행 역사상 이미 최고를
기록했다.

일반적인 고등학생은 다들 이만큼 즐거운 나날을 보내고 있
는 걸까.

그렇다면 솔직히 부럽다.

숙소는 교토 시가지에서 어느 정도 떨어진 대형 료칸(전통
여관)이었다.

큼직한 방이 많은 것을 보면 아마 수학여행 온 학생들이 주
로 묵는 듯했다.

나는 같은 조원인 노지마 군과 오오타, 그리고 다른 조의 남

자 네 사람과 한방을 쓰게 되었다.

확실하게 말해서 긴장되기는 했다. 이 밤 시간을 어떻게 보내는가에 따라 수학여행 전체가 흑역사가 될지 말지가 결정되기 때문이다.

하지만 방에 짐을 놓자마자 타카와시가 LINE으로 나를 불러냈다.

아직 돌아오지 않은 조도 있으니 뭔가 이야기할 것이라면 확실히 지금 끝내는 편이 좋았다.

아이카와 같이 돌아다닐 셋째 날에 관한 이야기일까?

대충 그렇겠지. LINE으로 대화할 만한 일은 아니니까.

나와 타카와시는 대욕탕 쪽으로 뻗은 복도에서 만나기로 했다.

타카와시는 이미 와 있었다. 다만 상당히 임팩트 있는 모습이었다.

"너, 유카타 차림인 건가···."

"뭐, 그렇지. 교복은 아무래도 더워서."

타카와시는 방에 비치된 유카타로 갈아입은 상태였다. 아까 기모노 차림을 보기는 했지만 역시 파급력이 있었다.

그다지 타카와시에게 쓰고 싶지 않은 말이지만··· 아름다웠다.

역시 전통복에 긴 흑발은 잘 어울렸다. 겉모습만 봐서는 마음이 탁한지 깨끗한지 알 수 없으니 말이지.

"뚫어지게 쳐다보지 말아 줄래?"

의혹의 시선이 날아온 것 같아서 노골적으로 벽에 눈길을 돌렸다. 그렇게 빤히 쳐다봤나?

"뚫어지게 보진 않았어…. 표현에 문제가 있어."

"뭐, 그건 어찌 되든 좋지. 그럼 미션을 줄게."

"미션?"

예상했던 것과는 다른 단어가 나왔다.

"그래. 방에서 베개 싸움을 해. 물론 그레 군이 주도해야 해."

"아아… 동성 친구 문제 쪽인가."

머릿속에 아이카밖에 없었다. 하지만 냉정하게 생각하면 그것은 이상한 이야기였다. 동성 친구 문제가 본래 현안이었다. 아이카 이야기는 수학여행 직전에 갑자기 나타난 것이었다.

"그 모습을 보니 머릿속이 아야메이케로 완전히 꽉 차 있구나. 하여간, 수컷들이란."

그만둬. 일부러 경멸하는 시선을 보내지 마. 반론하기 어려운 사태였기에 괜히 더 견디기 힘들었다.

타카와시는 마음속 오픈의 발동을 막기 위해 이때도 시선을 밑으로 보내고 있었다.

거기다 유카타를 입은 탓에 맨살이 드러나는 삼각형 공간이 만들어져 있었다. 여름 축제에서 유카타를 입었을 때도 그랬지만, 유카타 사이로 드러나는 피부는 어째서 이토록 요염하게 느껴지는 걸까.

"하지만 수컷에게 왜 수컷이냐고 말해도 역시 불합리하니 그 점은 넘어가겠어. 지금은 베개 싸움만을 생각해. 던지는 폼을 연습해도 좋겠지."

"그렇게 작정하고 착수할 일은 아니잖아."

베개 싸움이라고 하면 수학여행의 가장 대표적인 놀이다. 놀이로 분류해도 될지 모르겠지만 그렇게 크게 동떨어지지는 않았을 것이다.

참고로 나는 살면서 한 번도 해 본 적이 없었다.

초등학교 수학여행 때는 이미 드레인이 발현된 상태였다.

방에서 베개 싸움이 벌어지기는 했으나 내 쪽으로는 날아오지 않았다. 지금 생각해 보면 내가 직접 던질 걸 그랬다. 하지만 내가 참가해도 될지 알 수 없는 분위기라서 그러지 못했다.

타카와시는 오른손 검지를 척 세웠다. 마법사였다면 거기서 불이 밝혀졌을 것이다.

"베개 싸움은 거리가 있어도 즐길 수 있으니 원래는 그레 군에게 유리한 경기야. 해 둬야 해."

"확실히 그러네."

지금 타카와시는 진지한 모드였다. 어떻게 하면 내가 즐겁게 수학여행을 보낼 수 있을지 자기 일처럼 생각해 주고 있었다.

"고마워. 반드시 할게."

"그래. 베개 싸움에 성공할 때까지 하치오지 땅을 밟을 생각은 하지 마."

그거, 평생 고향에 못 돌아가는 거 아니야?

"그리고 나도 미션에 관해 보고할게."

타카와시는 벽에 기대고 있던 몸을 조금 일으켰다.

그랬다. 타카와시에게도 미션을 줬었다. 미션을 준 내가 잊어버리고 있었다.

"열 명과 이야기했어. 무사히 미션 클리어야."

"넌 한다고 하면 제대로 하지."

그런 점은 우등생 기질이 있다고 할까, 타카와시는 자기가 한 말에 책임을 졌다.

"실제로는 안 했으면서 말로만 그러는 거라고 의심 안 해?"

오히려 타카와시가 맥이 빠진 듯한 얼굴이 되었다.

"서류로 신청할 수 있는 일도 아니고, 너는 이런 일로 거짓말하지 않는다는 걸 알고 있으니까."

여기서 태연하게 허위 신고가 이루어질 정도면 처음부터 우리는 동맹 따위 맺지 않았을 것이다.

타카와시는 짐짓 왼손을 뺨에 댔다. 테이블이 있었다면 턱을 괬을 듯한 자세였다. 이쪽을 힐끔 보는가 싶더니 곧장 시선은 옆으로 돌아갔다.

"그래. 물론 지켰지만. 그레 군을 속이는 건 괜찮아도 자신에게 거짓말하는 건 싫으니까."

"진짜, 뭘 입어도 어디에 있어도 내면은 바뀌지 않는구나…."

늘 쓸데없는 한마디를 덧붙였다.

"확실히 말해서 별것 아니었어. 말하자고 생각하면 말할 수 있는 거였네."

"응응, 잘했어."

합계 열 명과 이야기하는 것은 외톨이에게 그런대로 어렵다. 다소 잘난 척해도 용서해 주자.

"뭐, 그레 군이랑 노지마 군, 오오타 군도 수에 포함해서 아슬아슬하게 성공했지만."

"그건 포함하면 안 되는 거 아니야?!"

꼼수잖아. 미션 이야기가 나왔을 때 이미 나랑은 말하고 있었고….

"규칙대로 같은 조 여자애들은 수에 포함하지 않았어. 그레 군의 규칙에 문제가 있었던 거야. 내가 잘못한 것처럼 만들지 말아 줄래?"

수학여행지에서도 타카와시한테 까이는 건가….

"나의 양분이 된 걸 감사히 여기도록."

"거만한 것도 정도가 있어."

"그래그래. 그럼 베개 싸움을 하는 거야. 보고는 내일 이후에 해도 돼. 내일은 인관연 멤버가 메인이 되어 움직이는 날이니까."

"그러네." 하고 나도 고개를 끄덕였다. 아이카도 낮부터 인관연에 합류하기로 되어 있었다.

조는 정해져 있지만 꼭 그 조로만 이동해야 한다는 제약은 세이고의 수학여행에 없었다. 함께 행동하는 멤버가 날짜별로 바뀌는 일도 흔하다는 것 같았다.

중학생 때는 학년 전체가 줄줄이 이동했지만, 고등학생이라면 그만큼 자유도도 올라가는 거겠지.

그리고 나처럼 특수한 이능력자도 있어서 너무 심하게 구속하면 까다로워지는 일도 있을 것이다.

"알겠어. 배게 싸움에 전력을 다하겠어."

"베개 하나하나에 혼을 담아 던지는 거야."

"베개 싸움에 그 신념은 이상하잖아⋯."

맞다, 나도 타카와시에게 새로운 미션을 줄 권리가 있는 거지?

동맹 관계니까 대등해야 한다. 타카와시가 나와 대등하다고 생각하는지는 별개로 치더라도⋯.

"그러고 보니 어느새 이신덴에게 이름으로 불리게 된 거야?"

"그걸 너한테 보고할 의무가 있어?"

싸울 듯이 질문에 질문으로 대답하지 마. 눈은 맞추지 않지만 발끈했다는 것은 알 수 있었다. 적어도 엔쥬라고 불리는 것이 낯간지럽기는 한 모양이었다.

이래저래 장난기 있는 이신덴이 반쯤 강제로 '엔쥬'라고 부르게 되었을 것이다. 타카와시는 여전히 '이신덴'이라고 무난하게 부르는 것만 봐도 상상이 갔다. 도중에 덴짱이 됐지만.

이건 제법 쓸 만한 소재였다.

실제로 좋은 미션이 떠올랐다.

"타카와시, 너한테도 내일 수행할 미션을 줄게."

"내가 이신덴을 어떻게 부르든 나랑 이신덴 마음이야. 지금은 아직 사아야라고 부를 생각 없어. 조금 더 익숙해진 다음에 부를 거야."

자전거의 보조 바퀴를 언제 뺄지 생각하는 어린아이 같았다.

하지만 사실 내가 생각한 미션은 그것이 아니었다.

"틀렸어. 이신덴이 아니야. 아이카가 너의 친구 제1호잖아. 그런데 여전히 '아야메이케'라고 부르는 건 너무 서먹서먹하지 않아?"

"내일 아야메이케를 아이카라고 부르라는 거야?"

이런 부분은 역시 똑똑하구나. 끝까지 말할 것도 없이 이해해 주었다.

"바로 그거지. 네가 노력하면 클리어할 수 있으니 미션으로서는 딱 좋잖아."

타카와시는 내 얼굴을 힐끔 일별했다.

"그레 군의 별명, '꼴값하는 기고만장'으로 변경할까…."

"하지 마…. 그렇게 기고만장한 얼굴이었다면 사과할 테니까…."

여기서 겸허한 태도를 취해 두지 않으면 쓸데없는 원한까지 사게 된다.

타카와시는 오른손 검지를 입가에 대고서 사색에 잠겼다.

"세이고제 때 얻은 명령권을 여기서 써서 미션을 파기시키는 것도 한 방법일지도…."

"난 상관없지만 그래도 되겠어…?"

'누가 친구를 더 먼저 만드는가'라는 대결에서 나는 타카와시에게 패배했다. 승자는 마음대로 한 가지 명령을 할 수 있다고 사전에 약속했었다. 지금 생각해 보면 너무나도 무시무시한 조건이었다.

하지만 그 명령권을 쓰겠다니, 아이카라고 부르는 것에 얼마나 저항감이 있는 거야.

"하겠어. 나만 계속 미션을 주는 것도 공평하지 않으니까."

타카와시는 다시 얼굴을 들어서 나와 한순간 눈을 마주쳤다. 이것이 우리 나름의 커뮤니케이션 형태였다.

"한 입으로 두말하진 않겠지?"

"그래. 이상한 미션을 받았다는 것, 절대 잊지 않을 거야."

그렇게 짜증 낼 만한 내용은 아니었던 것 같은데…. 무섭다고….

타카와시는 먼저 복도를 걸어가 여자동 쪽으로 사라졌다.

내가 남자동으로 걸어가고 있을 때, 아이카에게서 LINE이 왔다.

첫날은 같은 반 조원들과 키요미즈데라와 기온 주변을 돌았다는 내용이었다.

"역시 다들 비슷하구나."

나는 웃으며 내가 다닌 루트를 써서 보냈다.

일단 셋째 날에 둘이서 기온 일대를 걸어 다닌다는 계획은 제외되었다.

★

식당에서 저녁을 먹은 후, 나는 방에 돌아가 곧장 내 이불과 함께 베개를 인원수만큼 꺼냈다.

그리고 베개 하나를 잡았다.

옆으로 길쭉한 타입의 베개였다. 비교적 푹신푹신했다. 적어도 메밀 베개는 아니었다. 만약 베갯속이 터져 나오기라도 하면 큰일이므로 재료 체크는 중요했다.

여기까지는 문제없었다. 중요한 것은 지금부터였다.

이 베개를 어느 타이밍에 어떻게 다룰 것인가.

· A안 : '베개 싸움 하자!'라고 선언만 한다.

듣지 못한 녀석이 많을 경우, 분위기가 매우 썰렁해질 우려가 있다. 혼자 이상하게 의욕 넘치는 안쓰러운 녀석이 되어 버린다.

그리고 다들 들었는데 참여하지 않는 경우도, 아니, 그걸 생각하면 아무것도 할 수 없다.

· B안 : '베개 싸움 하자!'라고 선언하면서 방에 있는 누군가에게 베개를 던진다.

이러면 베개를 맞은 상대도 '어쭈, 해보자는 거지?!'라면서 반격하는 전개가 되어 베개 싸움이 발생하기 쉽다. 이쪽에서 먼저 베개를 던졌으므로 상대방도 베개를 던질 대의명분이 생긴다. 꽤 좋은 계획이지 않을까.

걱정거리가 있다면 누구에게 제일 먼저 베개를 던질 것인가이다.

같은 조인 노지마 군이나 오오타에게 던지는 편이 심리적으로 훨씬 편하다. 최소한 같은 조가 될 만한 사이라는 논리가 통하기 때문이다.

그러나 굳이 따지자면 두 사람 다 평화주의자고 얌전한 캐릭터라서 신나게 대응해 주지 않을 위험이 없지는 않았다.

설령 제대로 반격해 주더라도 같은 조원들끼리 논다고 인식되어 다른 멤버가 참여하지 않을지도 모른다. 셋이서 하는 베개 싸움은 허무하다. 인원이 네 명 이상은 되어야 바람직했다. 몇 명이 되든 더 많으면 좋았다.

그렇다면 노지마 군이나 오오타가 아닌 다른 녀석에게 베개를 던져야겠지만, 거의 아무런 교류도 없는 녀석이 베개를 던지면 어떻게 생각할까?

'이 녀석은 왜 혼자 난리지?'라고 여겨지는 것은 좋지 않았다.

잠깐, 잠깐…. 이것도 거기까지 신경 쓰면 아무것도 할 수 없게 되는 종류다…. 돌다리를 다 두드렸다면 건너야 한다! 두드리는 것은 누구든 할 수 있다!

·C안 : 아무 말도 없이 베개를 던진다.

이건 위험하다.

어지간히 친하면서 그런 일을 할 만한 캐릭터라는 공통된 인식이 있어야 성립된다.

베개 싸움은 심오하구나….

아직 시작하지도 않았지만.

그렇게 베개 싸움에 관해 고찰하다 보니 학생들이 점점 방에 돌아오기 시작했다.

이윽고 일곱 명 전원이 모였다.

지금 움직일 수밖에 없다!

"베개 싸움 하자!"

B안을 채용하겠어!

나는 같은 조는 아니지만 노지마 군과 캐릭터가 비슷한 요시타니라는 남자에게 베개를 던졌다.

요시타니의 옆구리에 베개가 부딪쳤다. 배낭을 뒤적이며 뭔가를 정리하던 중인 것 같았다. 작업하는데 공격하는 것은 실례일지도 모르지만, 그런 걸 전부 고려하다 보면 영원히 베개 싸움을 할 수 없으니 말이지…. 참아 줘….

마지막 순간까지 안전책으로 노지마 군에게 던질까 고민했다. 고민했으나 일부러 나는 위험한 쪽을 택했다.

이 선택이 과연 길이 될 것인가, 흉이 될 것인가.

길이 되어라!

"베, 베개 싸움, 하자…."

혹시 몰라서 한 번 더 말했다.

부탁이야. 베개를 던져 줘. 가장 괴로운 건 혀만 차고 무시하는 것이다.

그런 일을 당한다면 10년이 지나도 20년이 지나도 꿈에 나올 것이다. 지금 당장 키요미즈데라로 돌아가 무대에서 다이빙

하고 싶어지겠지.

요시타니는 내가 던진 베개를 들고서 벌떡 일어났고.

"좋아! 베개 싸움 개시다!"

그 베개를 내가 아니라 오오타에게 던졌다.

고마워, 요시타니!

나는 마음속으로 힘껏 감사했다. 완벽한 흐름이다! 난전이 될 가능성이 단숨에 커졌다!

"오! 선전 포고인가!" "응전하겠어!"

다른 멤버들이 베개를 가져왔다.

됐다! 전면 전쟁이다!

나는 날아오는 베개를 퍽퍽 맞으면서 행복하게 웃었다.

이거야! 이걸 하고 싶었어! 청춘이다, 청춘!

후회 없는 인생이었다, 라는 것은 과언이지만, 내 인생의 베개 싸움에 관해서는 조금도 후회 없다!

베개 싸움은 어느새 규모가 확대되어 다른 방에도 난입하게 되었다.

과하다는 느낌이 없지는 않았지만, 일단 그런 분위기가 되면 거역할 수 없었다.

오히려 나는 거역할 수 없는 쪽에 내가 있다는 것이 기뻤다.

초등학생 때도 중학생 때도, 수학여행 중에 나는 아웃사이더였다. 방 안에 만들어진 분위기에도 포함되지 못하고 줄곧 외부인이었다. 너는 들어오지 말라는 무언의 압력을 느낀 적도 있었다.

지금 나는 안쪽에 있었다.

나는 힘껏 베개를 던지고 힘껏 베개를 맞았다.

"어라, 나는 드레인으로 직접 공격하는 게 더 세지 않을까…?"

"그건 반칙이잖아!" "다들 이능력을 쓰는 건 금지야!"

다른 방 녀석이 곧장 태클을 걸었다.

그래, 이거야! 곧장 태클이 들어오는 이 거리감을 나는 줄곧 바라고 있었어!

이능력 사용은 금지라고 했을 텐데, 베개를 부유시켜 뒤에서 날리는 녀석이나 천장에 붙어 위에서 던지는 녀석이 나타나며 장절한 프리 스타일이 되었다. 베개 전쟁이라고 해도 좋았다.

그러나 싸움은 돌연 종료되었다.

"요 녀석들~! 베개 싸움을 너무 대규모로 하잖아!"

운동복 차림의 보조 선생님이 난입했다.

"그러면 안 된다는 건 고양이도 아는 사실이야! 당장 그만둬! 특히 너희는 이능력자니까 베개 싸움도 요란해지잖아!"

고양이는 절대로 모를 거야.

"놀 거면 소란스럽지 않은 종류로 놀아. 밤에 진실게임을 한다든가."

그거, 교사가 용인해도 되는 건가…?

목욕 시간, 노지마 군에게 칭찬받았다.

"나리히라, 정말 즐거워 보여. 혹시 반에서 가장 수학여행을 즐기고 있지 않을까?"

"그 정도는 아니겠지만 즐겁기는 해."

일단 기세를 타면 모든 것이 잘 풀리는 방향으로 나아가는 모양이다.

뒤에서 누군가 말을 걸었다.

한방을 쓰는 남자였다.

"목욕 다 하고 방에 돌아가면 선생님이 추천한 그걸 무지막지하게 하자."

나는 마른침을 삼키고서 "알겠어."라고 말했다.

취침 시간, 같은 반 여자애 중에서 누굴 예쁘다고 생각하는지 각자 말하게 되었다.

보죠 선생님이 제안한 것이나 마찬가지이므로 우리에게 죄는 없었다.

드레인 때문에 내 이불은 동떨어져 있었지만, 그래도 대화는 내게도 들리는 음량으로 이루어졌다.

살아 있길 잘했어….

중학교 수학여행 때도 다들 그런 이야기를 속닥거렸지만 나한테까지는 들리지 않았었다.

지금 나는 수학여행에 푹 잠겨 있다!

"예쁜 건 역시 부회장이지."

이 목소리는 요시타니다. 진짜냐. 에리아스라고.

하지만 요시타니는 에리아스의 얼굴과 가슴은 종합적으로 엄청나다고 매우 구체적으로 이야기했다. 그렇게 냉정하게 분석하니 그렇다는 생각이 들기도 했다.

"다음 선거에서는 학생회장을 노려 줬으면 좋겠어. 역시 학생회장은 미소녀여야 해."

인간은 아름다운 쪽이 경제적으로 이득을 본다는 연구를 들은 적이 있는데 사실인 모양이다….

오오타가 "낮에 기모노 입었어."라고 나직이 말했다. 오오타는 말수는 적지만 중요한 말을 중얼거렸다.

"뭐라고?! 사진은? 사진은?"

"안 찍었어."

"어이, 오오타. 괜히 기대하게 만들지 마!"

오오, 이 느낌. 남고생 같아! 실제로 남고생이지만, 내가 남고생 같은 분위기를 맛보다니 기적이다….

"그러고 보니 나리히라랑 부회장은 소꿉친구라나 봐."

노지마 군이 괜한 말을 했다.

아니, 이 경우에는 '말해 줬다'라고 표현하자.

"뭐? 진짜?" "나리히라, 사귄 적 있어?"

연애 이야기에 나도 끼게 되었다. 고마워, 노지마 군!

"사귄다니 말도 안 돼. 무엇보다 나는 이능력이 드레인이라다가갈 수 없는걸."

"아아, 그러네." "그것도 그런가."

아니, 너희들. 좀 더 찔러 봐! 너무 빨리 납득하잖아!

이어서 오오타의 차례가 되었다.

"란란. 이상한 생물이 붙어 있지만."

그렇게 오오타는 말했다. 남자들 사이에서도 본인이 없는 곳에서는 란란이라는 호칭이 일반화된 모양이다. 아니, 그것보다훨씬 신경 쓰이는 점이 있었다.

설마 오오타도 시오노미야를 노리고 있는 건가…? 그러면다이후쿠와 충돌하게 돼서 이것저것 곤란하다.

"오오타는 그런 타입을 좋아하지?" 하고 노지마 군이 말했다.

"노는 애 같은 느낌이 없는 게 좋아."

노는 애한테 험한 꼴이라도 당했나?

"어디까지나 '예쁘다고 생각하는 여자'일 뿐이라서 고백할예정 같은 건 없어…."

오오타는 곧장 보충 설명을 곁들였다. 그 말을 듣고 나는 다소 안심했다.

뭐, 이런 대화는 반쯤 개그 같은 거니까. 기껏해야 인기투표 같은 것이다.

그리고 이런 이야기가 되면 '얼음 공주' 타카와시 엔쥬의 이름이 많이 거론될 수밖에 없었다.

"그런 타입은 사귀면 나한테 정성을 다할 것 같아." "나한테만 웃어 주는 전개, 좋지." "절벽에 핀 꽃이기에 동경하긴 해."

그 녀석, 남자들한테 인기 좋구나…. 스펙을 보면 당연한가. 단순히 내가 이런 대화 속에 낀 적이 없었기에 인식하지 못했을 뿐이다.

그건 그렇고, 나랑 면식이 있는 여자(엄밀히는 같은 반이니까 전원 면식이 있을 테지만, 대부분의 여자와는 대화조차 하지 않으므로)의 이름이 이렇게 많이 나올 줄이야…. 가슴이 간질간질하다…. 남의 일처럼 들을 수 없다고 할까….

그렇기에 타카와시가 칭찬받으면 어째선지 나까지 기뻐졌다.

"'얼음 공주'도 예전에는 쿨뷰티라는 느낌이었는데, 이신덴이랑 어울리게 된 뒤로는 분위기가 부드러워졌어." "예전보다 인간미가 있지."

타카와시, 노력한 성과가 확실하게 나오고 있어.

이렇게 다들 생각할 만큼 성장했다는 뜻이다. 솔직하게 가슴을 쭉 펴고 자랑스러워해도 될 일이었다.

축하해, 타카와시.

사교성까지 좋아진다면 너는 무적이야. 너의 미래는 환하게 빛나고 있어.

이불 속에서 나는 눈시울이 뜨거워졌다. 소리 내어 축하한다고 말할 수 없는 것이 안타까울 정도였다.

하지만 나는 자신도 이 토크의 참가자임을 깜빡하고 있었다.

"나리히라는 누가 예쁘다고 생각해?"

노지마 군이 물었다.

그랬다.

지금까지 나는 이런 이성에 관한 이야기에 관찰자로 참가할 수밖에 없었다.

그래서 의견을 말할 필요도 없었고, 애초에 말할 권리도 없었다.

하지만 지금은 아니다. 다들 누구를 예쁘다고 생각하는지 비밀을 말했으니 나도 뭐라고 대답해야 했다.

"어, 으음…."

대답이 궁해졌다. 뭐라고 답할지 전혀 생각해 두지 않았다.

그렇다고 너무 오래 침묵하는 것은 위험했다. 다시 분위기 초 치는 녀석으로 돌아가 버리게 된다.

반에서 자주 대화하는 여자. 우선은 타카와시다. 다른 애들도 내가 그 녀석과 친하다고 보고 있지 않을까?

그렇기에 조심해야 했다. 만약 여기 있는 녀석들이 '나리히라는 타카와시에게 마음이 있다'고 밖에서 말하기라도 하면 매우 위험하다.

무엇이 위험하냐면, 타카와시가 그 이야기를 듣고서 싸늘한 눈으로 '소름 끼쳐…'라고 말할지도 몰랐다. 타카와시의 그 표정이 지금 매우 생생하게 떠올랐어….

'자주 대화한다＝친하다'라고 볼 수 있을지도 모르고, 나도 사이가 나쁘다고는 생각하지 않지만, 타카와시의 이름을 꺼내는 것은 위험했다.

타카와시를 제외하면 반에서 자주 대화하는 것은 에리아스려나.

옆자리고 말이지. 항상 내 일에 참견도 한다.

그러나 아까 소꿉친구라는 이야기가 나왔는데 또 에리아스의 이름을 꺼내면 이번에는 '나리히라는 부회장에게 마음이 있다'는 말이 나올 우려가 있었다. 그것도 매우 좋지 않았다.

그 녀석이 정말로 껄끄러운 얼굴로 '나리히라, 미안하지만 한동안 나한테 다가오지 않았으면 좋겠어…. 나도 당분간 너한테 말 걸지 않을 테니까…. 외톨이는 갈굼을 당해도 그런 착각을 한다는 걸 모르고 배려가 부족했어. 미안…'이라고 말하는 모습이 상상되었다. 역시 묘하게 생생했다.

타카와시도 안 되고 에리아스도 안 된다면 시오노미야의 이름을 꺼낼 수밖에 없다.

예쁘다는 점은 틀림없었다. 미스 세이고니까.

아니면 앞자리인 이신덴? 자주 봐서 그렇다고 하면 납득하기 쉽지 않을까?

하지만 그때, 내 머릿속에 또 다른 여자가 떠올랐다.

아이카였다.

수학여행을 둘이서 같이 돌아보자는 말을 들었으니 말이지. 당연히 생각날 수밖에 없다.

아이카는 같은 반이 아니니까 규칙 위반이지만, 수학여행지에서 하는 이야기로 출전 자격 취소 처분을 받지는 않을 테니 화제로서 인정해 주기는 할 것이다.

하지만….

아무리 지금 분위기가 좋아도 아이카의 이름을 꺼내는 것은 꺼려졌다.

가볍게 아이카의 이름을 꺼내고 너스레로 처리하기에는 내가 아이카랑 너무 친했다.

친구의 이름을 이런 데서 사용하면 친구 실격이라고 할까….

여태껏 다른 애들도 자신과 직접 관계가 없는 여자의 이름을 말했다. 아이돌 누구를 좋아한다는 것과 똑같은 차원의 이야기였다.

그리고 내게는 시오노미야도 친구고, 타카와시는 동맹자고, 에리아스는 오랜 인연이 있는 상대였다.

"자, 나리히라, 네 차례야." "포기하고 실토해."

같은 방을 쓰는 남자들이 장난스럽게 재촉했다.

그것 자체는 기쁘고, 바라던 일이지만….

진지해지면 진지해질수록 이런 건 대답하기 어렵단 말이지….

"저기, 나는… 진짜로 그런 거 의식한 적이 없었어. 그 왜, 이능력이 드레인이잖아?"

어두워지지 않도록 밝은 목소리를 의식했다.

몇 명이 "아….""그러네." 하는 목소리를 냈다.

"그래서 반대로 여자를 의식하지 않으려고 했달까, 좋아하게 되면 오히려 힘들어지니까 가급적 생각하지 않으려고 하면서 지냈어. 그게 내 처세술이야."

내 말에 불평하는 사람은 없었다. 오히려 "그 이능력, 진짜로 성가시구나…."라는 말이 들렸다.

누가 걱정해 준다고 해서 드레인이 사라지지는 않지만, 제대로 공감받는 것은 그렇게 불쾌하지 않았다.

치사한 짓일지도 모르나 이것이 가장 무난한 결론이리라.

답변자가 다음 녀석으로 넘어갔다.

하지만 나는 그 목소리를 주의 깊게 들을 수가 없었다.

좋아하게 되면 오히려 힘들어지니까 가급적 생각하지 않으려고 하면서 지냈다.

깊이 생각하지 않고 꺼낸 말에 오히려 진리가 포함되어 있다고들 한다.

내가 한 이 말 또한 그럴지도 모른다.

누군가를 좋아하게 되어도 나는 물리적으로 다가갈 수 없다.

오히려 좋아할수록 고통스러워진다.

그런 의미에서 여자에게 고백받은 경험이 없는 것은 다행…이진 않나. 이왕이면 고백받고 싶다. 뭐, 그런 건 상위 5%의 미남들에게만 해당되는 이야기겠지.

베개 싸움도 성공했고 심지어 이불 속에서 여자 이야기까지 했다. 수학여행다운 수학여행을 완수했다고 말해도 될 만한 하루였지만.

그렇기에 내 이능력이 얼마나 성가신지를 마지막 순간에 실감했다….

들려오는 이야기 소리가 점점 의미 없는 노이즈로 바뀌었고 나는 잠에 빠졌다.

❸ 여행은 관광 명소를 중시하는 파, 식사와 쇼핑을 중시하는 파로 나뉘지

수학여행 둘째 날.

나는 료칸을 나와 다른 멤버를 기다리고 있었다.

매번 그렇지만 내가 제일 먼저 도착했다.

외톨이는 타인에게 폐 끼치는 것을 과하게 피하는 경향이 있었다.

일반론처럼 말해도 될지 모르겠으나 꽤 정확하다고 생각한다.

타인과의 접점이 적기에 거리감을 제대로 잡지 못하고, 그 결과, 안전책을 택하는 것이지 않을까.

아침은 제법 쌀쌀했다. 교토의 기후가 원래 이런지 그냥 오늘이 추운 건지 모르겠다.

"안녕. 벌써 와 있었구나. 빨리 왔네."

다이후쿠가 주머니에 손을 넣은 모습으로 나왔다.

"다이후쿠는 눈이 가늘어서 아침에 보니까 더 졸려 보여."

"실제로 두 시 넘어서 잤어. 연애 이야기가 백열돼서."

"너네도 그랬구나. 우리도 같은 반 여자애 중에서 누가 좋은지, 뭐 그런 얘기를 했어. 두 시까지 깨어 있지는 않았지만."

이런 것은 전국 공통인 걸까.

고등학생이 밤마다 '인생이란 무엇인가'와 같은 질문을 되풀이하는 것보다는 훨씬 건전하겠지. 우리 방은 야한 이야기까지 가지는 않았으니 정말로 건전했다.

"괜히 놀림당할 것 같아서 시오노미야의 이름은 꺼내지 않았어. 좋아하는 아이돌의 이름을 스물다섯 명 정도 말했지."

"그건 역시 너무 많지 않아…?"

좋아하는 아이돌로만 한 학급을 만들 수 있는 숫자야.

"먼저 필그림 시스터즈의 사쿠야. 연애시 교통국의 나루나루."

"열거하지 않아도 돼! 별로 듣고 싶지도 않아!"

둘 다 들어본 적 없는 그룹이었다. 세간에 알려지지 않은 범위까지 진짜로 쫓아다니고 있구나.

오늘은 인관연을 중심으로 한 멤버끼리 교토 시내를 돌아본다.

이신덴은 여자 테니스부의 친구와, 노지마 군과 오오타는 다른 반 남자와 각각 돌아다닌다는 것 같았다.

내가 있으면 아무래도 드레인 때문에 이동이 제약되고, 사정을 뻔히 아는 인관연 멤버끼리 움직이는 쪽이 마음이 더 편했다.

하지만 다소 변칙적이었다.

일단 다이후쿠가 참가한다. 시오노미야와 수학여행을 즐기고 싶기 때문이리라. 오늘 오전은 시오노미야가 코스를 정했기에 다이후쿠가 참가하는 것은 이상하지 않았다.

그리고 아이카는 낮부터 합류한다.

지금 아이카는 여러 커뮤니티에 속해 있었다. 인관연도 물론 그중 하나지만, 되도록 많은 모임에 얼굴을 내밀고 싶을 것이다. 오늘 오전은 첫날에 같이 다닌 여자 그룹과는 별개의 그룹과 보낸다는 모양이다.

아이카라면 '이 커뮤니티는 대충 취급해도 되겠지'라면서 상하 관계를 만들지도 않을 것이다. 그러다 보니 잘 나가는 예능인 같은 스케줄이 되었다.

친구는 많으면 많을수록 좋다고 막연하게 생각했지만 무엇이든 적당한 것이 최고일지도 모른다.

나로서는 아직 내일에 대비해 마음의 준비가 되지 않은지라, 오늘 아이카가 도중에 참가하여 준비 단계가 생기는 것은 고마웠다.

예쁘다고 생각하는 여자 이야기를 밤에 해서 그런지 아직 마음이 어수선하기도 하고….

"시오노미야랑 타카와시는 같은 방인 모양이니까 함께 오겠네."

"그렇겠지. 네가 온다는 얘기는 해 뒀어."

시오노미야라면 지각하지 않을 테니 슬슬 나타나겠다고 생각했을 때.

"나도 참가할 거야. 잘 부탁해."

이어서 나온 것은 에리아스였다.

"너, 학생회 멤버랑 같이 안 다녀도 돼?"

확실히 타카와시 및 시오노미야와 같은 조이니 우리랑 있어도 그렇게 이상하지는 않지만.

"학생회 멤버가 나 말고도 한 명 더 있는 모양이고, 괜찮잖아. 그리고 같이 일하는 녀석과 관광하고 싶지는 않아…."

하긴, 사원 여행을 누구나 기뻐하지는 않겠지. 여행이기에 얼굴을 마주하고 싶지 않은 게 이상하지는 않았다.

"방에서 시오노미야랑 얘기했는데, 낮부터는 내가 안내할 거야. 고마워하도록 해."

에리아스는 득의양양한 얼굴로 얇은 배낭을 메고 있었다. 어제는 못 봤으니 오늘을 위한 배낭일 것이다.

"너, 배낭 메고 있으니까 되게 어린애처럼 보여."

초등학생 느낌이 풀풀 풍겼다.

"어이, 실례야! 해도 되는 말이 있고 해선 안 되는 말이 있어! 그리고 이렇게 가슴 큰 어린애는…."

에리아스의 얼굴이 단숨에 새빨개졌다.

"무슨 소릴 하게 만드는 거야!"

"방금 그건 완전히 자폭이잖아! 알 게 뭐야!"

에리아스의 가슴은, 뭐… 조심스럽게 말해도 크다. 무시할
수 있는 크기는 아니었다.

근데 이런 데서 자폭할 만큼 의식하고 있는 거구나…. 너무
가슴 가지고 놀리지 말아야겠다. 방금 그건 내게 아무런 잘못
도 없지만.

"나리히라, 네 페트병에 든 차를 무진장 맛없게 만들어 줄 테
니까 내놔 봐."

"그렇게까지 구체적인 범행 계획을 듣고서 건네줄 녀석이 있
겠냐!"

"그럼 실력 행사에 나설 뿐이다!"

에리아스가 내게 접근했다.

나는 당황했다. 딱히 에리아스 공포증이 있지는 않았다. 드
레인 때문이었다.

"너, 드레인이 있다는 거 알면서 그러지 마! 출발하기도 전에
피곤해져도 난 책임 안 져!"

"책임지지 않아도 돼! 내 책임이니까!"

"그래도 네가 참가하지 못하면 역시 조금은 내가 책임을 느
끼게 되니까 가까이 오지 마!"

"흐응, 다정하네. 아, 그냥 호구일 뿐인가."

일일이 실례되는 표현을 고르지 마. 다정하다고 해 둬.

"조금이라면 버틸 수 있어! 자, 페트병은 어디 있지? 어디냐?!"

전력으로 질주하면 에리아스에게서 도망칠 수는 있겠지만, 같은 그룹의 멤버에게서 전력 질주로 도망치는 것은 뭔가 이상했다. 내가 이상하게 구는 분위기가 될 것 같았다.

그래서 근처를 빨빨거릴 수밖에 없었다.

"두 사람은 정말로 사이가 좋구나. 한결같아."

어디까지 진심이고 농담인지 알 수 없는 어조로 다이후쿠가 말했다.

"그, 그럴 리가 없잖아! 절대로 없어!"

상사인 에리아스가 왈칵 성을 냈다.

또 얼굴이 빨개진 것을 보면 그만큼 화가 난 거겠지.

"부회장은 그렇게 발끈한단 말이지. 알기 쉬워."

다이후쿠는 에리아스를 다루는 데 익숙했다. 학생회 멤버다웠다.

"다이후쿠, 다음부터 잡무를 늘릴 거야."

에리아스도 권력을 너무 자의적으로 썼다. 즉, 도긴개긴이었다.

"너희 전부 초등학생 같아."

그때, 어이없다는 눈을 한 타카와시가 시오노미야와 함께 등장했다.

"싸울 정도로 사이가 좋다는 속담은 참 무책임하단 말이야. 그럼 서로를 죽이려 드는 녀석들도 사이가 좋다는 거야? 그보다 속담의 어떤 면은 맞지만 어떤 면에서는 평범하게 틀리는 설정은 비겁해. 그렇다면 무슨 말을 해도 어느 정도는 옳은 거잖아."

"속담이라는 개념 자체를 디스하지 마."

왜 교토까지 와서 아침나절부터 속담을 부정하는 이야기를 들어야 하는 거야.

그렇게 사악한 오라를 휘감고 있는 타카와시 옆에는 의욕 넘치는 시오노미야가 서 있었다. 표정에 확실하게 패기가 있었다.

덤으로 의욕이 있는지는 모르겠으나 짧은 손을 움직이고 있는 메이드장이 있었다.

"교토 안내는 맡겨 주세요! 원래 제가 살던 곳은 교토에서 코야산으로 가는 가도의 합류점이었어요! 그래서 교토와도 연고가 깊답니다!"

시오노미야가 말하기 시작하자 기온이 3도쯤 상승한 것 같다.

"아, 시오노미야. 지역 정보는 설명하지 말고 스킵해 줘."

이야기가 길어질 것을 경계한 타카와시가 제지했다.

실례이기는 하지만 정답이라고 생각한다.

"우선 JR나라선으로 이나리역까지 이동할 거예요. 역 바로 앞에 그 유명한 후시미 이나리가 있어요! 그 이름대로 이나리 산에 있는 신사인데, 그 이나리라는 이름의 유래에…."

"시오노미야, 그 얘기는 이동하면서 해도 되지 않아? 아니면 전철 안에서 해도 되고."

타카와시가 일찌감치 말을 막았다.

고마워, 타카와시…. 나도 막아야겠다고 생각은 했지만 어느 타이밍에 막으면 좋을지 알 수 없었어….

타카와시가 작게 손짓해서 나를 불렀다.

나는 드레인을 신경 쓰면서 타카와시에게 다가갔다. 타카와 시도 내 귓가로 얼굴을 가까이 가져왔다.

"현재 시오노미야가 공회전 모드에 들어가려 하고 있으니까 적절히 보조하는 거야."

"응, 알겠어…."

같은 인관연 멤버로서 올바른 배려였다.

"자기 고향과 가깝기도 하고 수학여행을 주도하는 입장이 되면서 기합이 제곱이 된 상태야. 적당히 기합을 빼 주는 편이 좋아."

"나도 동의해."

"그러니까 그레 군, 위험하다 싶으면 시시한 말이나 행동을 해. 뜬금없는 콩트 같은 거."

"다른 방법을 생각해 줘."

내가 숭고하게 희생되는 방법을 채용하지 마.

"시오노미야, 유래에 관해 좀 더 들려주지 않을래?"

한편 다이후쿠는 시오노미야를 조건 없이 전면 긍정하고 있었다.

이 녀석, 기껏 이야기를 막았더니!

사랑에 빠지면 여러 가지가 보이지 않게 되는 것일지도 모른다.

"고맙습니다. 그럼 고대에 이 땅을 다스렸던 하타 씨족의 전설을…."

"시오노미야, 걷자. 시속 5km 이상의 속도를 유지하는 거야."

타카와시, 그건 경보의 페이스야.

"이 그룹에 들어온 건 실수였나…."

에리아스가 출발하기 전부터 후회했다.

아무리 그래도 후회가 너무 빠르다.

"여러분, 이게 바로 센본토리이예요!"

오른손을 척 내민 시오노미야가 쭉 늘어선 주홍색 기둥문을 소개했다.

그 맞은편에 메이드장도 있는지라 둘이서 나란히 '센본토리이에 오신 걸 환영합니다!'라고 말하는 듯한 느낌이 들었다. 어떤 의미에서 주인과 메이드의 호흡이 딱딱 맞았다.

"역시 실제로 보니까 장관이네…."

이건 보러 올 가치가 있었다. 에리아스는 스마트폰으로 촬영하기 시작했다.

"지금은 후시미 이나리의, 아뇨, 교토의 상징이라고도 할 수 있는 센본토리이지만, 이렇게 많은 기둥문이 만들어지게 된 것은 에도 시대 후반 이후라는 것 같아요. 적어도 아즈치 모모야마 시대(1573~1603)의 그림에는 입구에 해당하는 곳에 커다란 기둥문이 하나 있었을 뿐…."

"시오노미야, 그런 정보는 나중에 프린트해서 줘."

오늘 타카와시는 시오노미야의 이야기를 철저하게 끊어 내고 있었다. 올바른 행동이었다.

"나는 조금 더 시오노미야의 해설을 듣고 싶어."

다이후쿠는 철저히 친시오노미야파로 있겠다는 건가….

너와 시오노미야의 사이를 응원할 마음은 있지만, 모두의 수학여행이 너만의 수학여행이 될 것 같으면 나도 막을 거야.

"근데 인간의 욕망은 헤아릴 수가 없구나. 욕망을 구현화한 것이 이 기둥문 터널이라고 생각하면 상당히 그로테스크해."

"타카와시, 조금이라도 칭찬을 해. 칭찬해서 성장시키는 방향으로 가자."

"하지만 이 기둥문은 이 이상 늘어나지 않아. 후시미 이나리에 기둥문을 봉납하고 싶은 기업이나 개인이 무수히 있어서 다들 순서만 기다리고 있는걸."

"너도 그럭저럭 자세히 알잖아…."

타카와시는 평소처럼 입이 험하지만 즐겁기는 한 것 같았다. 스마트폰으로 확실하게 센본토리이를 촬영하고 있었다.

"이 기둥문을 지나면 돌아오지 못하게 될 것 같아."

"부정적인 감상을 말하지 말라니까."

"방금 그건 칭찬인데? 돌아오지 못하게 될 것 같다는 생각이 들 만큼 환상적이잖아."

그 기분을 모르는 바는 아니지만, 신사 측에게 그건 과연 기쁜 말일까?

"그건 그렇고 이 멤버는 편안하네."

타카와시가 나직이 그런 말을 흘렸다.

"그러게."

나도 작은 목소리로 대답했다. 자연스럽게 내 표정도 풀어졌을 것이다.

이곳에는 미션도 노르마도, 신경 써야만 하는 상대도 없었다.

평소처럼 행동해도 전혀 상관없었다.

첫날 함께 다녔던 조원들도 좋았지만 이렇게까지 편하게 있을 수는 없었다. 인관연을 중심으로 한 그룹과는 역사가 달랐다.

평범한 고등학생은 힘들이지 않고 무의식중에 주위에 맞출 수 있을지도 모르지만 유감스럽게도 우리는 평범하지 않았다.

별로 인정하고 싶지도 않지만… 내가 평범한 고등학생이라면 전국의 고등학생은 거의 다 외톨이고 고립되어 있다는 것이 된다. 역시 그렇지는 않을 것이다.

나도 평범해지려고 하고는 있었다. 말하자면 평범을 목표로 수행 중이었다.

하지만 나는 아마 완벽하게 평범한 고등학생이 되지는 못할 것이다.

비관하는 것이 아니라 그 점은 인정하고 있었다.

내가 평범해지고 있는지 아닌지를 나는 앞으로도 계속 의식할 것이다. 그것부터가 전혀 평범하지 않았다.

그건 어쩔 수 없었다. 나는 내 방식으로 행복한 고등학교 생활을 목표하면 된다.

"오늘은 그레 군을 무한히 갈굴 수 있을 것 같고, 피곤하지가 않지."

그거, 나는 피곤해지는데.

"근데 타카와시, 어제 여자방에서 무난하게 보냈어?"

타카와시가 피곤해질 만한 일이라면 분명 그것이지 않을까.

그래도 이신덴과 함께 있는 만큼 이제 스트레스가 되지는 않을 것이다.

"본심을 말하자면 1인실이 좋지만, 그건 불가능하잖아."

최소한 이렇게 본심을 말할 수 있는 곳이기에 편안한 거겠지.

"집단행동도 공부에 들어가니까."

"그 발언, 교사 같아서 짜증 나."

굳이 부정하지 마⋯. 그렇게 말하니까 식상한 발언이었던 것 같아서 민망해지잖아⋯.

"그러는 그레 군은 어땠어?"

"아아, 베개 싸움 미션은 무사히 클리어했고, 게다가⋯ 아니, 아무것도 아니야."

괜찮다고 생각하는 여자가 누구인지 이야기했다는 말을 꺼내는 것은 뭐랄까, 남자의 우정을 짓밟는 행위일 것이다. 우정이라고 하기에는 거창할지도 모르나 배신자라는 소리를 들어도 싸다.

"'게다가' 다음에 무슨 말을 하려고 했을지 궁금하지만, 남자가 모여서 하는 얘기니까 어차피 질 낮은 종류였겠지."

타카와시가 멸시의 시선을 보내왔다. 하지만 대체로 정답이고, 반론하면 괜히 쓸데없는 소리가 나올 테니 아무 말도 할 수 없었다⋯. 대답하지 말고 넘어가자⋯. 나는 조개다⋯. 결코 입을 열지 않는 조개다⋯.

"뭐, 대체로 잘하고 있는 모양이네. 남은 건⋯."

셋째 날이구나, 하고 타카와시는 목소리 톤을 낮춰서 말했다.

타카와시도 이것은 단순한 미션과는 비교할 수 없는 사안임을 이해하고 있을 것이다.

마치 자신이 아이카와 둘이서 돌아다니게 된 것처럼 신묘한 얼굴을 하고 있었다.

"너도 아이카랑 합류한 다음에 수행할 미션, 잊어버리지 마."

타카와시는 아이카를 이름으로 부르기로 했다.

너도 아이카랑 친하게 지내고 있으니까 이제 슬슬 이름으로 불러 줘야지. 말하자면 이것은 내가 타카와시에게 보내는 부모의 마음 같은 것이었다.

아… 타카와시의 부모라는 상상은 좀 그러네. 자식 성격이 이렇게 나쁘면 괴로울 것 같아…. 근데 타카와시의 부모님은 어떤 사람일까….

"그 정도로 나를 막을 수 있다고 생각했다면 큰 오산이야."

이 녀석은 나랑 싸우고 있는 건가? 나는 어디까지나 동맹자라고.

그렇게 가시가 슬쩍슬쩍 보이는 대화를 하고 있으니 어떤 시선이 느껴졌다.

장소가 장소다 보니 혹시 이나리 님이 보고 계신 건가 싶었지만, 그저 에리아스가 쳐다보고 있을 뿐이었다.

"너희는 외톨이라는 부분에서 정말로 호흡이 딱딱 맞는구나. 영혼이 닮았다고 할까."

우리를 관찰하고 있었던 모양이다. 풍경을 보는 편이 더 의미 있을걸.

"소송."

타카와시가 단어 하나만 입에 담았다. 어이, 그거 '영혼이 닮았다'라는 표현이 명예 훼손에 해당한다는 의미지? 나랑 영혼이 닮았을 리가 없다는 뜻이지…?

"내가 보기엔 드리코도 크게 다르지 않아. 영혼이라는 표현을 빌리자면 드리코도 이쪽이야. 그게 아니라면 오늘도 인관연과 함께 행동하지 않을 테니까."

마지막 한마디는 제법 설득력이 있었다. 에리아스가 '끄으응…' 하는 얼굴이 되었다.

타카와시는 시원스럽게 말했지만, 어딘가 에리아스를 챙겨 주고 있는 것처럼 들리기도 했다.

"인관연은 언제나 신규 회원을 모집하고 있어. 학생회 임원이어도 괜찮아. 조사는 이쪽에서 할 거지만."

"오는 사람을 안 막는 건 아니구나…. 조사는 하는구나…."

그 점은 타카와시다웠다.

"인간관계 고민은 동료끼리 해결하기 어려울 테고, 그럴 때는 인간관계 연구회를 이용하면 돼. 이래 봬도 학교가 공인한

단체니까."

타카와시가 어른스러워 보였다. 원래 키가 작은 에리아스와 나란히 서면 어른으로 보이긴 했지만, 그뿐만이 아니었다.

곤란한 일이 있으면 인관연에 말해 달라고 타카와시는 선언한 것이다.

주변 사람을 생각할 여유가 타카와시에게 생겼다는 증거이리라.

"응, 타카와시, 고마워. 학생회에서 문제가 생기면 이용할게."

에리아스도 타카와시의 선의를 웃는 얼굴로 받아들였다. 타카와시의 선의는 출현율이 상당히 낮으니 말이지. 이건 귀중하다.

"답례로 '부회장 성수'도 하나 줄게."

"아, 올해는 필요 없어."

"적어도 오늘은 필요 없다고 해…. 그렇게나 필요 없는 거구나…."

에리아스도 조금 슬퍼했다.

거절하는 방식이 어떤 의미에서 직설적이지….

나도 인관연 멤버이니 한마디 말해 둘까.

"에리아스 너도 인간관계가 막히면 인관연의 문을 두드리도록 해. 이래 봬도 후배를 구한 실적이 있으니까."

아사쿠마는 훌륭하게 남자 울렁증을 극복했다.

"나도 그런대로 도움이 되거든. 에리아스의 고민 정도라면 어떻게든 해 줄게."

하지만 내가 말을 걸자 어째선지 에리아스의 기분이 급변했다.

갑자기 뚱한 얼굴로 나를 노려보더니.

"에잇!"

수학여행 안내서를 둥글게 말아 한 대 때렸다!

"너, 안내서를 매일 무기로 사용하지 마! 그런 물건이어도 진지하게 만든 녀석이 있다고!"

"나리히라가 좀 짜증 났으니까. 이제 후련해졌으니 안심해도 돼."

"그 전에 사과해!"

에리아스는 나를 무시하고 센본토리이의 입구로 향했다.

거기서 마침내 이쪽을 돌아보았다.

"다이후쿠랑 시오노미야가 멀어지고 있으니 서두르자!"

제멋대로인 것도 정도가 있잖아.

하지만 에리아스의 표정은 상당히 부드러워져 있었다.

"나리히라, 이게 사죄의 뜻이야. 받아."

에리아스가 뭔가를 던졌다.

받아 보니 '부회장 성수'였다. 타카와시가 거부한 걸 나한테 넘기는 건가.

"페트병 뚜껑보다는 좋지만, 색깔이···."

레몬 맛인 건지 노란색이다. 위험한 계층에게 인기를 끌게 돼도 난 몰라.

"독은 타지 않았으니까 안심해. 비타민 C 배합이니까."

역시 레몬 맛인가.

그러고서 에리아스는 씩씩하게 기둥문을 나아갔다.

내 2m쯤 옆에는 타카와시가 서 있었다. 일단은 기다려 주고 있는 거겠지.

"드리코 녀석, 어제 뽑은 운세 제비 때문에 우울해했잖아. 안 그래도 학생회 선거도 가까우니까 말이라도 해 둔 거야."

굉장해. 마치 타카와시가 아닌 것 같은 발언이다.

"드리코에게도 뭐든 이야기할 수 있는 단짝 같은 존재가 있으면 좋을 텐데. 저 아이는 저 아이대로 고집이 세니까."

에리아스는 정의의 편에서 행동하고 싶다는 마음이 있어서 쉽게 약한 소리를 하지 않았다. 학생회에서도 의외로 고독할지 모른다.

인간은 자기 자신은 잘 볼 수 없다고 하는데, 에리아스도 본인보다 타카와시가 더 잘 보고 있지 않을까.

다만 타카와시를 솔직하게 칭찬하기도 민망했다.

"하지만 뭐든 이야기할 수 있는 사이를 단짝이라고 정의한다면 나랑 너도 단짝이 되는 거 아니야?"

"응, 소송."

태클 거는 게 너무 빨라.

"어디까지나 동맹 상대야. 그 정의를 틀리지 말아 줘."

오른손 검지로 뺨을 긁적이며 타카와시가 말했다. 쑥스러워하는 것처럼 보이기도 했다.

"알고 있어. 동맹은 맺고 있지만 단짝은 아니지."

납득했는지 타카와시가 센본토리이에 빨려 들어가는 것처럼 걸어갔기에 나도 그 뒤를 쫓았다.

당연하지만 1m의 거리를 유지하면서.

후시미 이나리의 규모를 나는 얕보고 있었다.

어차피 좁겠거니 하고 얕본 것은 아니지만 이렇게나 넓을 줄이야…. 이게 대체 도쿄 돔 몇 개의 면적이야…?

센본토리이를 빠져나간 우리는 기둥문 터널이 계속해서 나타나는 낮은 산을 일주하게 되었다. 한 시간은 걸어야 한다는 모양이다….

시오노미야가 말하기를,

"뒤에 있는 산을 걷지 않으면 후시미 이나리에 참배했다고 할 수 없어요!"

라고 했다.

그러고 보니 시오노미야는 뭔가를 할 때 끝까지 하는 타입이었지…. 일단 온 이상, 전부 돌아보는 건가….

"시오노미야, 여기 굉장히 신비롭다. 신기한 파워를 받고 있는 기분이야."

다이후쿠는 시오노미야를 말리기는커녕 더욱 액셀을 밟아서 우리도 따라갈 수밖에 없었다.

다만 파워 운운을 완전히 농담으로 치부할 수 없는 것이, 도중에 무수한 사당과 모노리스라고 말할 수밖에 없는 돌기둥이 우뚝 서 있어서 상당히 기묘한 광경을 연출했다.

"파워스폿이라고 하지 못할 것도 없지만, 오히려 이건 심령 스폿에 가까운 경치이지 않을까…."

타카와시도 계속 걷다 보니 심사가 불편해진 것 같았다. 나는 제일 뒤에 있어서 표정은 보이지 않았으나 목소리로 대충 알 수 있었다.

그런 타카와시 앞에서 마찬가지로 에리아스가 "힘들어…. 길어…."라고 가끔 원망하며 걷고 있었다.

선두에 있는 시오노미야와 다이후쿠는 힘차게 앞으로, 앞으로 나아갔다. 기운 넘치네.

시오노미야의 페이스가 빨라서 뒤처진 메이드장이 필사적으로 좇고 있었다. 말하지 않으니 필사적이라는 것은 내 상상이지만.

"후우… 저기, 시오노미야. 다음은 어디 갈 거야…?"

에리아스가 힘없이 말했다. 에리아스는 생긴 대로 그다지 체력이 없었다.

"후시미 이나리를 만끽했으니 다음은 토후쿠지(東福寺)예요."

매우 즐거워 보이는 얼굴로 시오노미야가 돌아보았다.

"토후쿠지인가…. 뭐, 이 근처에서 유명한 곳이니 이상하진 않네. 다시 센본토리이를 지나 역까지 돌아가는 게 고단하겠지만…."

에리아스는 스마트폰으로 뭔가 보고 있었다. 아마 지도겠지. 토후쿠지에서 가장 가까운 역은 이름 그대로 토후쿠지역이고, 이나리역에서 교토역 쪽으로 1개 역을 더 가야 했다.

"아뇨, 역까지 돌아가지 않아요. 그러면 시간이 너무 낭비되니까요."

시오노미야가 살짝 의기양양한 얼굴을 했다.

"저와 메이드장이 함께 고안한 무척 효율적인 길이 있어요! 제게 맡겨 주세요!"

타카와시가 어깨를 떨궜다.

"불길한 예감이 들어."

부정은 하지 않겠다.

그리고 시오노미야와 메이드장이 함께 고안한 루트는 꽤 충격적이었다.

후시미 이나리의 주요 길에서 수상쩍은 산길로 들어갔다.

"어? 이 길 맞아? 교토에 와서 조난당하고 싶지는 않은데?!"

에리아스가 비명을 질렀다. 나는 그저 제일 뒤에서 걸을 기력밖에 없었다.

"문제없어요. 틀림없이 이쪽이에요!"

주된 길을 훌륭하게 벗어났기에 스쳐 지나가는 사람도 완전히 사라졌다. 우리를 어디로 데려가는 거지…?

그렇게 숲속에 뻗은 수수께끼의 길을 나아가니….

돌연 주택가로 나왔다.

우리 집 근처와 거의 다름없는 광경이 펼쳐졌다. 관광객이 올 만한 장소는 아니었다.

"시오노미야, 길을 잃은 건 아니지?"

에리아스는 계속 걱정스러워했다. 주택지니까 최소한 조난할 위험은 없어졌다고 긍정적으로 생각할 순 없는 걸까. 나도 여기가 어디인가 싶지만.

"걱정하지 마세요! 저와 메이드장을 믿어 주세요!"

"시오노미야는 몰라도 기묘한 생물을 믿을 수밖에 없다니 굴욕이야…."

타카와시, 그건 메이드장에 대한 폭언이야….

"여기서부터는 고개를 내려가기만 하면 되니까 거의 다 왔어요!"

시오노미야가 자신만만한 모습을 보일수록 우리는 불안해졌다.

하지만 결론을 말하자면 시오노미야가 옳았다.

몇 분 후, 우리는 그저 거대하다고 형용할 수밖에 없는 토후쿠지의 문 앞에 있었다.

"정말로 도착했어…."

타카와시도 살짝 멍해졌다. 우리는 100% 관광객이 이용하지 않는 루트로 토후쿠지에 도착했다. 심지어 시간도 그렇게 많이 걸리지 않았다.

"이 문은 일본의 선종 사원 중에서 가장 크고 가장 오래된 것으로, 국보로 지정되어 있어요. 옛날부터 토후쿠지는 건물이 훌륭한 것으로 유명했죠. 참고로 토후쿠지라는 이름은 나라 현에 있는 토다이지(東大寺)와 코후쿠지(興福寺)라는 대사원에서 한 글자씩 따온 거랍니다."

아, 시오노미야의 관광 가이드 모드가 다시 부활했다.

그건 그렇고 시오노미야, 아까부터 걸으면서 계속 해설했는데도 전혀 지치지 않은 모습이었다. 이것도 일종의 러너스 하이인 걸까. 달리는 것과 상관없는 부분에서 하이해져 있으니 역시 다른 개념일까.

"웅대하고 포토제닉해."

다이후쿠가 계속 옆에서 칭찬하니 시오노미야도 기분이 좋을 것이다.

그보다 제대로 이야기를 듣고 있는 것은 다이후쿠뿐이었다.

"다이후쿠 녀석, 만약 시오노미야가 학생회장에 입후보한다면 내가 아니라 시오노미야에게 투표할 것 같아…."

에리아스가 어이없다는 얼굴로 말했지만 그럴 가능성은 컸다.

걷느라 지친 우리는 문 근처에서 한동안 시오노미야의 해설을 들었다.

문득 문 옆에 있는 길쭉한 건물이 눈에 띄었다. 모르면 시오노미야에게 물어보면 된다. 시오노미야도 기쁠 테니 윈윈이다.

"시오노미야, 저건 뭐야?"

"아아… 저건 말이죠…."

하지만 시오노미야의 입은 살짝 열렸다가 바로 다물어졌다.

여태껏 자신만만했던 시오노미야와는 딴판이었다.

어라? 모르는 걸 물어봤나?

입은 열렸다 닫히기를 반복하고 있었다.

기억이 잘 나지 않는 걸까. 시오노미야가 약간 몸을 움츠렸다.

"저건… 동사(東司)예요…. 무로마치 시대(1336~1573) 전기의 건물이죠…."

만들어진 시기는 어찌 되든 좋지만, 건물의 명칭을 이해할 수 없었다.

"동사가 뭐야?"

시오노미야가 더욱 우물거렸다.

"…옛날… 화, 화장실을 말해요…."

부끄러워한 이유가 그건가!

"나리히라, 성희롱이야. 사형이야."

"그레 군, 저질이야. 사형이야."

에리아스와 타카와시가 이럴 때만 호흡을 맞췄다.

"성희롱했다고 사형을 받지는 않아! 대체 어느 나라 법률이야!"

"음? 성희롱은 인정하는 거네. 역시 고의인가. 실망했어. 더이상 실망할 것도 없었지만."

"정말로 여자의 적이네."

둘이서 같이 공격하지 마. 도저히 이길 수 없을 것 같아.

"고의일 리가 없잖아! 평범한 고등학생은 동사가 화장실이란 걸 몰라!"

거기서 다이후쿠가 손을 들었다.

혹시 다이후쿠마저 내가 시오노미야를 괴롭혔다고 공격하려는 건가? 그건 봐줬으면 좋겠는데….

"저기, 화장실이라고 하니까 생각났는데 여기서 잠깐 쉬지 않을래? 후시미 이나리를 걷는 동안 화장실도 없었잖아."

단적으로 말해서 완벽한 한 수였다.

화제를 이용하면서 화장실에 다녀올 시간을 마련한다. 나는 할 수 없는 배려였다.

역시 다이후쿠는 대단해. 나도 이 경지를 목표해야겠지.

모두가 동의했기에 잠시 휴식 시간을 갖게 되었다.

"나도 갔다 올게. 토후쿠지 견학도 길어질 것 같으니까."

"그럼 나도 갈래."

모처럼이니 다이후쿠랑 같이 화장실이나 다녀오자.

당연하지만 유명한 관광지인 만큼 화장실은 넓고 깨끗했다.

다이후쿠와 변기 두 개를 떨어뜨리고서 볼일을 봤다. 넓은 화장실은 꽤 상쾌했다. 조용하기도 하고, 집에 이런 화장실이 있으면 사색적인 인간이 될 것 같다.

"아까는 고마워. 다이후쿠는 정말 자연스럽고 능숙하게 처신하는구나. 나도 보고 배우고 있어."

우선은 다이후쿠에게 감사 인사를 했다. 다이후쿠는 내 스승과 같은 존재였다.

느닷없이 머리를 염색하여 노는 애들처럼 되지는 못하지만, 내가 바뀐다면 다이후쿠처럼 야무진 인간이 되는 것이 하나의 목표였다.

그러나 다이후쿠의 대답은 내가 생각했던 것과 달랐다.

"저기, 나리히라한테 양해를 구해 두고 싶은 게 있는데."

당연히 신경 쓰지 않아도 된다는 말을 할 줄 알았거늘.

"뭔데?"

이상하게 격식을 차린 느낌이라 의도를 읽을 수 없었다.

"내일, 즉 수학여행 마지막 날에."

"으, 응."

나는 어색하게 맞장구를 쳤다.

셋째 날. 아이카와 둘이서 돌아다니기로 약속한 날.

일단 머릿속에서 쫓아냈었는데 다시 떠올랐다.

"그날, 시오노미야랑 둘이서 돌아다니고 싶어."

긴장했는지 다이후쿠의 목소리는 딱딱하게 느껴졌다.

"그거, 나한테 양해 구할 필요 없잖아. 시오노미야에게 허가 받으면 그걸로 된 거지."

그리고 메이드장의 허가도 받는 편이 좋을지도 모르지만… 메이드장은 말하지 않으니까….

"인관연에도 영향이 없다고 장담할 수는 없으니까. 말해 두자고 생각했어. 그리고 셋째 날에도 인관연 멤버끼리 돌아다닐 예정이라든가 그렇진 않아?"

"아니, 셋째 날은 정해진 게 없어. 적어도 나는 그럴 예정이 아니야."

여기서 아이카에 관해 말하지 않는 나는 조금 치사한 걸까?

다이후쿠는 정말로 성실한 녀석이다.

그런 부분에서 성실하기에 나는 다이후쿠를 신뢰할 수 있는 것일지도 모른다.

나는 먼저 세면대 쪽으로 향했다.

"인관연에 영향을 준다는 건, 마음을 전할 생각인 거야?"

표현을 얼버무린다고 했는데 직구로 물어본 것과 크게 차이가 없었다.

다이후쿠의 대답은 잠시 후에 돌아왔다.

"그건 상황을 봐서. 나 혼자 완결할 수 있는 일이 아니니까. 시오노미야도 관련되는 일이니까."

어른스러운 말이라고 나는 생각했다.

다이후쿠는 틀림없이 시오노미야를 존중하고 있었다. 그렇다면 내가 트집 잡을 필요는 없고 그럴 권리도 없었다. 다이후쿠 자신이 믿는 길을 나아가면 된다.

"하지만, 수학여행 와서 고백하는 건, 꽤 정석이라고, 생각하기는 해."

차근차근 설명하듯 천천히 말을 끊으며 다이후쿠는 말했다.

그 말이 내 머릿속에 유독 강하게 남았다.

수학여행 와서 고백하는 것이 정석.

그런 말이 쓰인 교과서도 참고서도 본 적은 없지만 납득이 갔다.

여행지에서 프러포즈하는 커플도 많다고 하고.

아마 고백이라는 특별한 일은 여행지라는 비일상 속에서 하는 것이 안성맞춤일 것이다. '오늘은 낮부터 비가 올지도 모르겠어.' '그건 그렇고 좋아합니다. 사귀어 주세요.' 이런 식으로 이야기를 가져가는 것보다는 자연스럽다. 이러면 진짜로 의사소통 방식에 문제가 있는 것이다.

어라….

그렇다면 아이카도 고백하기 위해 내일 같이 돌아다니자고 한 건가…?

나는 머릿속에 떠오르는 아이카의 얼굴을 억지로 내쫓았다.

그런 생각을 할 여유가 있다면 일단 내일 어디 갈지를 검토해.

무엇보다 오늘도 낮부터는 아이카와 합류하기로 했잖아. 과하게 의식한 상태로 합류하면 아이카도 이상하게 여길 거야.

너무 과하게 신경 쓰는 것이다. 아이카는 나와 수학여행을 함께하자고 말했다. 그 사실만을 받아들이자. 이상한 해석을 덧붙여서 점점 부풀리지 마. 외톨이의 나쁜 버릇이다.

먼저 손을 씻은 나는 화장실 입구에서 다이후쿠를 기다렸다.

그 사소한 대기 시간이 유난히 길게 느껴졌다.

★

그 후 시오노미야의 안내는 꽤 좋았다.

나는 이상한 데서 상처를 받게 됐지만….

그 사건은 토후쿠지 정원에서 일어났다.

"이곳이 바로 유명한 체크무늬 정원으로, 말하자면 카레산스이* 현대 아트라고 할까요. 실은 근대의 유명한 정원 조성가가 만든 거예요."

확실히 토후쿠지의 정원은 체크무늬처럼 정사각형의 돌과 풀이 쭉 늘어서 있었는데, 구석으로 갈수록 점점 규칙성이 흐트러지며 페이드아웃되는 것도 근사해서, 인스타를 하지 않는 남자여도 촬영하고 싶어지는 광경이었다.

"흐응, 시오노미야, 꽤 하잖아. 멋있는 곳이야!"

그렇게 말하며 에리아스는 찰칵찰칵 촬영했다. 아까부터 여기저기서 사진을 마구 찍어 대고 있었다.

"진짜 좋아. 사찰은 아무래도 허들이 높게 느껴지는데 여기는 나도 즐길 수 있겠어."

"타츠가와 양, 칭찬해 주시니 영광이에요. 이래 봬도 고등학생의 시점에서 즐길 수 있도록 메이드장과 확실하게 검토를 거듭했답니다."

시오노미야가 득의양양한 것은 좋지만, 우리는 메이드장에게 분석되고 있는 건가….

메이드장이 시야에 들어오면 정원까지 아스트랄해지기에 되

※카레산스이(枯山水) : 물을 사용하지 않고 산수를 표현하는 정원 양식.

도록 보지 않으려고 했다. 메이드장에게는 미안하지만 메이드장의 임팩트가 너무 커서 어쩔 수 없었다.

"마음이 차분해지는 곳이네. 선(禪)이라는 느낌이 들어."

말하고 나서 공격받기 딱 좋은 말이라고 생각했는데 그 점을 타카와시는 확실하게 노렸다.

"선을 나타낸 것 같다고 하면 전부 그렇게 들리고 보이지. 앞으로 나도 사용해야겠다."

"선종에 실례고, 말할 거면 정원에 대해 언급해."

이런 곳에서는 솔직하게 남을 칭찬하라고. 나는 칭찬하지 않아도 되지만 시오노미야에게는 보답해 줘.

"너무 비판만 하다 보면 어른이 되어서도 비판밖에 못 하는 소인배가 될걸."

"이 정원이 멋지다는 것 정도는 나도 알아. 다만…."

타카와시는 왼손으로 자신의 입을 가렸다.

"…정원을 해석하는 건 어렵지 않아? 괜히 엉뚱한 말을 했다가 그게 기억에 남으면 싫잖아…. 굳이 따지자면 남들과 못 어울리는 녀석이 자기 혼자 다 안다는 것처럼 독선적인 태도로 그럴듯한 감상을 머릿속에 떠올리는 경향이 있잖아…. 그래서 나는 노코멘트를 관철하는 거야. 입 다물고 말하지 않는 거야."

"너무 과하게 신경 쓰는 거야! 애초에 선 사상이 담긴 정원에 관해 당당히 얘기할 수 있는 고등학생은 없어!"

다만 그렇게 발언한 내 옆에서 시오노미야가 다른 멤버에게 정원의 내력을 자세하게 해설하고 있었다. 덕분에 내 말의 설득력이 반값 세일 정도로 내려갔다.

"…그런 연유로 이 정원에서는 독특한 리듬감을 맛볼 수 있답니다."

"흐응…." "시오노미야, 정말로 자세히 아는구나. 더 가르쳐 줬으면 좋겠어."

앞에서부터 순서대로 에리아스, 다이후쿠의 반응이었다.

다이후쿠는 어디까지 솔직한 반응인지 알 수 없으나, 이 모습을 보면 좋은 커플이 될 것 같기는 했다. 메이드장이 방해만 하지 않는다면 사귈 수 있지 않을까.

한편 나와 타카와시는 정원을 앞에 두고 침묵하고 있었다.

입 다물고 말하지 않는 것도 선 같지만, 단순히 우리는 흑역사를 만들지 않기 위해 노력하고 있는 것이었다.

타카와시의 기분도 어느 정도는 이해가 갔다.

중학생 때, 그야말로 중2병이 악화된 녀석이 '요행'이라든가 '중차대' 같이 뭔가 있어 보이는 한자어를 남발하여 감상문을 쓰곤 했는데, 그렇게 나중에 자신이 저지른 짓을 깨닫게 되는 행위와 이것도 통하는 부분이 있었다.

외톨이는 밤에 자신이 그날 했던 재미없는 한마디나 쓸데없는 한마디를 떠올리고 '으아아아아! 말하지 말걸!' 하면서 이불을 뻥뻥 차는 생물이다.

나는 그런 경험이 몇 번이나 있었고. 타카와시도 아마 경험했을 것이다.

"너는 너무 어렵게 생각해. 이런 건 있는 그대로 감상을 말하면 돼. 우리는 예술가가 아니니까."

"그럼 그레 군에게 미션을 줄게."

"캐주얼하게 미션을 추가하지 마…."

사실상 그냥 명령이었다.

"이 정원을 본 감상을 멍청해 보이지 않게, 그럭저럭 지적으로, 그러면서도 안쓰럽지 않게 정리해 봐."

"바라는 게 많지 않아?"

미야자와 켄지의 동화 제목(주문이 많은 요리점)이 머릿속에 떠올랐다.

"참고로 '예쁘다'라든가 '굉장하다'처럼 어휘가 빈약한 경우에는 가차 없이 지적할 거야. 미안하지만 나는 성적만큼은 학교의 누구에게도 지지 않을 자신이 있으니까."

"거기서 우위를 점하려고 하지 마."

"자, 스타트. 멋진 코멘트를 기대하고 있어."

절대로 기대 안 하고 있잖아. 허들을 은근슬쩍 높이지 마.

왜 절경을 앞에 두고서 고도의 정보전 같은 것을 펼쳐야만 하는 걸까.

"있는 그대로 말하면 돼. 있는 그대로, 있는 그대로…."

나는 타카와시와 1m 반 떨어진 복도에서 무릎에 손을 짚고 몸을 숙였다.

체크 모양의 돌바닥 정원을 응시했다.

머지않아 체크 모양이 게슈탈트 붕괴를 일으켰다.

어이쿠, 게슈탈트 붕괴라는 단어도 위험해…. 게슈탈트가 무슨 개념인지 확실하게 모르면서 무심코 써 버리기 쉬운 단어다. 이런 부분을 타카와시는 확실하게 찔러 들어올 것이다.

어떻게 정리할까. 일본 정원이니까 '화(和)'다. 하지만 체크 무늬인 점은 '양(洋)'스럽다. 화양 절충… 좋아, 이걸로 가자.

"그레 군, 이 정원의 감상을 말해 줘."

"화… 화양 절충을 콘셉트로 삼은 기하학적인 정원으로… SF미가 있어…."

타카와시 쪽을 힐끔 보니 한순간 엄청난 바보를 보는 듯한 눈빛을 내게 보냈다.

"우와…. 나왔네. 뭐든 SF라고 하면 정답이라고 생각하는 녀석…. 심지어 SF 책 같은 건 별로 읽지도 않는 녀석의 발언…."

이건 평소의 디스보다 더 대미지가 크다!

수치심이 스멀스멀 밀려든다!

"아, 알겠으니까 그만해! 진짜로 창피해지기 시작했어!"

듣고 보니 뭐가 SF냐고 물어봐도 전혀 대답할 수 없어!

"게다가 '기하학적'이라는 표현도 그래. 기하학이 어떤 학문인지 파악하지도 못했으면서 그런 비유를 사용한 거지?"

"이제 그만! 상처를 후벼 파지 마!"

실수했다! '게슈탈트 붕괴'는 사전에 회피했는데 왜 '기하학적'은 안이하게 써 버린 걸까!

그래, 맞아, 어쩔래! 기하학이 어떤 학문이냐고 물으면 전혀 대답할 수 없어! 평범한 고등학생에게는 무리야!

보이지 않는 포크가 내 심장에 푹푹 박혔다. 견딜 수가 없어!

타카와시는 어쩌고 있나 살펴보니 매우 재미있다는 듯이 웃고 있었다. 잔학한 형벌을 보고 기뻐하는 폭군 같았다.

"그레 군, 앞으로 '기하학적 구석에 처박힌 SF 생쥐'라고 부를게."

"개념이 게슈탈트 붕괴되고 있잖아!"

"아, 게슈탈트 붕괴도 좋네. '기하학적 구석에 처박힌 SF 게슈탈트 붕괴 생쥐'로 클래스 체인지하자."

으엑! 나도 모르게 경솔한 한마디를!

"기하학적 구석에 처박힌 SF 게슈탈트 붕괴 생쥐, 소리 내어 읽고 싶은 일본어네."

타카와시는 입가를 가리고서 웃었다. 오늘 하루 중에서 가장 즐거워하고 있을지도 모른다.

"어이, 더 이상 말하지 마! 구석에 처박힌 생쥐로 되돌려!"

"하지만 이것도 자업자득이야. 그레 군의 감상에 들어가 있던 말인걸."

"젠장…. 너는 역시 악마야…."

뭔가 시선이 느껴졌다.

조금 전까지 시오노미야의 해설을 듣고 있었던 에리아스가 이쪽을 보고 있었다.

"너희, 이렇게까지 사이가 좋으니까 오히려 기분 나빠…."

또 에리아스가 우리의 대화를 그렇게 평했다.

포기한 것처럼 에리아스는 "하아…." 하고 작위적으로 한숨을 쉬었다.

"우리는 들어갈 수 없는 세계야. 호흡이 딱 맞네. 죽이 맞는 거겠지."

"소송. 최고 법원." 하고 타카와시가 말했다.

나랑 사이가 좋다는 말이 그렇게 불만인 거야.

"최고 법원에서도 이길 자신이 있어. 이러니저러니 해도 너희는 둘이 같이 있을 때가 가장 자연체이지 않아? 스스럼없이 서로 치고받잖아."

에리아스는 동의를 구하듯 타카와시에게 시선을 주었다.

마음속 오픈이 있으므로 타카와시는 당연히 시선을 피했다.

"내가 볼 때는 치고받는 게 아니라 나만 일방적으로 처맞는 것 같은데."

"드레인을 가진 나리히라는 처맞을 수 있는 것만으로도 행복한 거 아니야?"

에리아스의 말은 변함없이 공격적이었으나 어느 정도는 납득이 가기도 했다.

아무도 다가오지 않는 것과 비교하면 그나마 때리러 오는 녀석이라도 있는 것이 나을지도 모른다.

"두 분의 대화는 아주 매끄럽다고 할까, 갑론을박이라고 할까, 허허실실의 줄다리기가 느껴져서 듣고 있으면 재미있어요."

안내 역할인 시오노미야까지 그런 감상을 말했다. 사자성어가 두 개나 들어가 있지만 비아냥이 아니라 솔직한 생각을 말한 것이겠지. 대단히 알기 어렵지만.

어느새 정원이 아니라 나와 타카와시를 관찰하는 모임이 되었다.

시오노미야 옆에 있던 다이후쿠도 물론 우리를 보고 있었다.

자신이 화제의 중심임을 감지했는지 타카와시가 세 사람 쪽으로 얼굴을 돌렸다.

"다들 실례야. 잘 들어. 알다시피 인간은 크게 상중하 세 단계로 나뉘어."

"그런 위험한 가설을 명백한 사실처럼 말하지 마!"

"내가 상급이라면… 그레 군은 번외야."

"어차피 하급이라고 말할 줄 알았더니 하급조차 아닌 거냐!"

번외라니 어떻게 된 거야.

"좋잖아. 상중하 어디에도 속하지 않는 점이 그레 군이 말하는 선 사상이나 SF스럽고."

"하지 마! 끝난 얘기 다시 꺼내지 마!"

에리아스와 다이후쿠마저 웃고 있잖아!

완전히 놀림당하는 입장이 되어 버렸어….

"작은 것에 너무 연연하지 마. 기하학적이고 선(禪)적이며 강렬한 초기 충동이 느껴지는 구석에 처박힌 SF 게슈탈트 붕괴와 비사비 생쥐."

"내가 말하지 않은 단어까지 포함되며 강화됐잖아!"

억울하다! '강렬한 초기 충동'이라는 말을 한 적은 없어!

"나리히라, 강해 보이는 별명을 얻었네. 자, 잘됐다. 풉…."

"다이후쿠, 칭찬한다고 다 좋은 게 아니야. 그리고 별로 강해 보이지 않아!"

친구마저 확실하게 웃고 있어…. 차라리 그냥 폭소해 줘!

그런 가운데 예쁜 웃음소리가 울렸다.

"후후후후. 정말로 멋진 수학여행이에요."

꽃이 핀 것 같다고 형용하고 싶어지는 얼굴로 시오노미야가 웃었다.

평소라면 다른 사람을 놀리면 안 된다고 말할 듯한 시오노미야까지 웃고 말았다.

즉, 이것은 동료들 간의 즐거운 시간이라고 시오노미야도 느끼고 있는 것이다.

시오노미야의 그 웃음을 보고 나는 문득 매우 근본적인 목표를 떠올렸다.

나, 수학여행을 즐기고 있구나.

이렇게 시시한 화제로 이러쿵저러쿵 이야기하는 것을 나는 줄곧 원했었다.

무엇이 좋았는지 모르겠으나 여러 가지가 맞물려서 나는 제대로 된 수학여행을 보내고 있었다.

이 감각을 느끼는 것은 나뿐만이 아닌 듯했다.

다들 그렇다는 표정을 짓고 있었다.

"응응, 짜증 날 만큼 멋진 수학여행이야."

"에리아스, 멋지다면 짜증 내지 마."

에리아스도 미소 짓고는 있지만, 시오노미야의 천진난만하고 천의무봉한 웃음(나도 시오노미야의 영향으로 사자성어가 머릿속에 떠올랐다)과 비교하면 어딘가 자포자기한 웃음이었다. 웃어서 삿된 마음을 날려 버리려는 것 같은.

그러고 보니 웃으면 복이 온다고 하니까….

나도 타카와시처럼 부루퉁한 얼굴로 있는 게 아니라 좀 더 웃는 편이 좋겠지.

그것도 쉬운 일은 아니지만.

★

그 후로도 시오노미야가 짠 스케줄은 꽉꽉 채워져 있었다.

에리아스가 '이렇게나 걷게 할 줄은 몰랐어….'라고 말했는데 내 감상도 비슷했다. 시오노미야는 기어가 들어가는 순간 의욕 과다가 되는 것 같았다.

확실히 오전 중에 다 돌아볼 만한 페이스는 아니었다. 이른 아침부터 움직일 만했다.

"여러분, 수고 많으셨습니다! 교토는 가까운 거리에 명승고적이 많아서 전혀 질리지 않네요!"

지금 당장 도쿄로 돌아가도 문제없을 만큼 시오노미야는 만족스러워 보였다.

메이드장도 평소보다 득의양양한 얼굴을 하고 있는 것처럼 보이기도 했다.

지금 우리는 교토의 남쪽에서 역을 지나지 않고 그대로 북상하는 버스를 타고 있었다.

비교적 한산한 버스라 나도 승차할 수 있었다. 내 사정까지 생각해 주다니 고개를 들 수가 없다.

그 버스 안에서 오전부에서 오후부로 바통 터치다.

"그럼 낮에는 차기 학생회장인 나, 타츠타가와 에리아스가 안내하겠어!"

"멋대로 다음 학생회장이라고 공언하지 마."

평소와 같은 우쭐대는 태도가 부활했다.

다만 너무 가슴을 쭉 펴지 않으면 좋겠다. 어젯밤, 에리아스의 가슴이 크다는 이야기가 활발하게 나와서…. 유난히 뜨겁게 이야기하는 녀석까지 있었고….

"드리코가 안내하는 건 상관없지만, 물 좋은 곳을 순회하는 코스라면 사퇴할 테니 일찌감치 가르쳐 줘."

일단 견제하는 것이 타카와시의 기본 패턴이었다.

"그런 짓 안 해. 좀 더 여자다운 코스야."

에리아스가 토라진 듯한 얼굴이 되었다.

타카와시보다 에리아스가 그나마 일반적인 여고생에 가깝긴 하지.

"오후부의 테마는 바로 파르페야!"

확실히 여자들의 여행이라는 느낌이긴 하지만, 그걸 꼭 교토에서 해야만 하는 걸까.

그때는 나도 아직 그렇게 생각하고 있었다.

그러나 가게 앞에 오고나서 에리아스에게 기합이 팍 들어가 있던 이유를 알게 되었다.

파르페, 파르페, 파르페… 머리가 어질어질해질 만큼 수많은 파르페.

가게 앞에 있는 디스플레이에는 셀 엄두조차 나지 않는 많은 종류의 파르페가 늘어서 있었다.

그 카페는 파르페 전문점이라고 해도 될 정도로 메뉴의 가짓수가 터무니없이 많았다.

"이곳은 150종류가 넘는 파르페를 제공하는, 파르페계의 보스라고 해도 좋을 가게야. 여자라면 한번은 들러야지."

그런 업계가 있는지는 불명이나 일부러 찾아오는 마음은 이해가 갔다.

"에리아스, 우리 아직 점심을 안 먹었는데."

내가 근본적인 질문을 꺼냈다. 이래서야 느닷없이 간식이다.

"점심을 안 먹었으면 파르페를 먹으면 되잖아."

에리아스는 마리 어쩌고네트 같은 소리를 했다.

문제는 웃으라고 한 말이 아닌 것 같다는 점이었다.

"에리아스, 정말로 파르페가 점심인 거야…? 파르페의 칼로리가 높긴 하지만…."

"어디까지나 카페니까 평범한 요리도 있어. 나리히라는 그런 걸 주문하는 게 어때?"

"뭐, 여기서 샌드위치 세트 같은 걸 주문하면 눈치 없는 새끼가 되는 거지만 말이야."

타카와시와 에리아스는 나를 공격할 때만 자연스럽게 협력했다.

"알겠어…. 살면서 가끔은 파르페를 점심으로 먹어도 좋겠지…."

"알면 됐어."

또 에리아스가 가슴을 쭉 폈다.

"자, 가자! 아찔한 파르페의 세계로! 라고 하고 싶지만, 한 명이 더 와야 하지?"

에리아스가 시선을 길 쪽으로 보냈다.

그 직후에.

"저스트 타이밍이에요!"

그런 말이 내 귀에 들렸다.

시끌벅적한 번화가에서도 바로 누구인지 알 수 있었다.

아이카가 이쪽으로 달려왔다. 오른손을 크게 흔들며.

아아, 아이카는 낮부터 합류한다고 했었지. 그렇다면 카페를 이용하는 것은 좋은 선택이다. 설령 어느 한쪽이 너무 일찍 도착하더라도 가게 안에서 기다릴 수 있다.

아이카의 웃는 얼굴이 너무나도 눈부시게 느껴졌다.

아이카에게 어떻게 인사하면 좋을지 몰라서 말문이 막혔다.

이상하잖아. 인관연 중심의 편안한 여행이니까 어떻게 말하든 상관없다.

그런데 이상하게 의식이 돼서 말이 나오지 않았다.

"아, 안녕…."

내가 생각해도 어색한 인사였다. 하지만 아이카는 신경 쓰지 않았다.

"안녕하세요! 오늘은 시모가모 신사랑 카미가모 신사, 더블 가모로 다녀왔어요!"

응, 한 점의 흐림도 없는 평소의 아이카다. 나 혼자 긴장하고 있는 모습이 안쓰럽다.

"평균 성적이 내려갔네. 안녕."

타카와시가 실례되는 한마디를 한 후 마주 인사했다.

"그렇지 않아요~ 학업 성취 부적을 사 왔거든요!"

아이카는 오렌지색 부적을 꺼내 보였다.

"신에게 부탁하는 것도 좋지만 일단은 자력으로 어떻게든 해. 수험 공부를 전부 봐 줄 생각은 없으니까."

"그 말은 조금은 공부를 봐 준다는 거죠?! 고마워요!"

아이카는 긍정적 사고로 잇속을 챙겼다.

"모든 건 아야메이케의 의욕에 달렸지. 말로는 노력하겠다고 하면서 아무것도 안 하지만 않는다면야."

타카와시의 기분은 평소와 다름없이 저조했으나 어딘가 아이카에 대한 껄끄러움이 느껴졌다.

여기서 마음속 오픈이 표시된다면 '귀찮은 일이 됐네'라는 문자열이 나올 것 같았다. 기본적인 기분 상태가 아이카랑 너무 달라서 익숙해지는 데 시간이 걸리는 건가?

아… 지금 아야메이케라고 불렀지?

언제 아이카라고 부를지 생각 중인가….

"공부는 가능한 범위에서 노력할게요~"

"아야메이케의 가능한 범위는 너무 좁으니까 무리해서라도 범위를 넓히는 편이 좋아."

타카와시의 독설이 끝나고 우리는 다디단 파르페의 세계로 입점했다.

당연히 가게 안에는 여자밖에 없었다.

이건 어쩔 수 없겠지. 교토라고 해서 수도승들이 묵묵히 파르페를 먹지는 않는다. 애초에 수도승이 파르페를 먹으면 그다지 수행이 될 것 같지 않고.

에리아스가 말한 대로 메뉴의 수도 터무니없이 많았다.

이렇게 많은데 주문을 받고 만드는 법을 하나씩 떠올릴 수나 있을까?

"그럼 뭘 먹을까요~ ♪"

아이카는 매우 기분이 좋아 보였다. 아니지, 항상 이 정도로 업되어 있던가.

덧붙여 나와 아이카의 자리는 꽤 떨어지고 말았다. 가장 큰 이유는 드레인 때문이지만. 나 혼자 이른바 생일석에 배치되어 있었다.

아이카 옆이 에리아스, 그 옆이 다이후쿠. 아이카의 맞은편에 타카와시, 시오노미야, 메이드장 순서였다. 다이후쿠는 분명하게 시오노미야의 정면에 앉아 있었다.

메이드장이 보이지 않는 점원의 눈에는 나 혼자 어울리지 못하고 있는 것처럼 보일 배치야….

"그레 군, 닭튀김 듬뿍 프라이 포테이토 파르페랑 바삭바삭 등심 돈가스 파르페, 어느 쪽으로 할래?"

"별난 메뉴 양자택일을 요구하지 마."

종류가 150개를 넘다 보니 웃기려고 만든 파르페도 섞여 있었다.

난이도도 몇 단계로 나뉘어 있어서, 얼핏 보면 타코야키를 얹은 것 같지만 실은 슈크림인 것도 있는가 하면, 진짜로 등심 돈가스가 파르페에 꽂혀 있는 것도 있었다.

"나는 당연히 흑설탕 시럽과 말차 와라비모치 파르페."

그거, 인기 1위라고 적혀 있는 거잖아…. 남한테는 별난 메뉴를 제시하고서 자기는 안정적인 걸 골라도 되는 거냐….

"그러네…. 로열 밀크티를 사용한 파르페를 먹고 싶어. 학생회장 같으니까…."

"에리아스, 너 학생회장에 편견을 가지고 있는 것 같은데. 매일 학생회실에서 우아하게 로열 밀크티를 마시는 학생회장은 현실에 없어."

"괜찮아. 나는 이미지부터 잡고 들어가는 타입이니까!"

내가 쓸데없는 말을 한 탓에 오기로라도 로열 밀크티 계열에서 하나 고르게 생겼네….

"뭐, 선거 전에 기합이라도 팍팍 넣어 둬. 적어도 나는 청렴결백한 한 표를 던져 줄 테니까."

한 표 주자고 생각할 정도로 에리아스가 노력하고 있다는 것은 알고 있었다.

"나리히라…."

에리아스의 눈이 생일석에 있는 내게 향했다. 나의 다정함을 알아차렸나. 그렇게나 너한테 갈굼당했으면서도 일단은 투표할 예정일 만큼 다정하다고.

"네 경우에는 청렴결백한 한 표가 아니라 부정한 한 표이지 않을까."

평범하게 얄미운 소리가 돌아왔다….

"너 말이다…. 한 표 차로 지고 방금 그 말 후회해라…."

시오노미야는 메이드장과 함께 어느 파르페를 먹을지 협의 중이었다. 메이드장, 뭐든 아는구나. 팬시한 가게 분위기와 메이드장은 어떤 의미에서 가장 잘 어울릴지도 모른다.

"다이후쿠는 어쩔래?"

이럴 때, 남자의 선택은 참고가 된다.

"소금 캐러멜 브라우니로 할까. 아니면 캐러멜 와플 파르페."

이해가 가는 선택이었다. 맛이 상상되고, 뭔가 잔뜩 올려져 있는 것도 아니라서 확실하게 다 먹을 수 있을 것 같았다. 거대한 파르페도 라인업에 있지만 그런 모험은 하고 싶지 않았다.

"그럼 나도 소금 캐러멜 브라우니로 할까."

타카와시가 "그럼 그레 군은 소금 캐러멜 브라우니랑 바삭바삭 등심 돈가스 파르페, 두 개구나." 하고 시답잖은 소리를 했으나 무시했다.

"아이카는, 음~ 캐러멜 사과 고구마 파르페로 할래요!"

어? 내가 캐러멜 계열을 골라서 맞춘 건가, 라는 생각은 아무리 나라도 하지 않는다. 파르페에는 원래 캐러멜을 흔하게 뿌린다.

점원에게 주문을 전달하고 잠시 기다리니 파르페가 나왔다.

소금 캐러멜 브라우니 파르페였다. 내가 주문한 파르페를 본 타카와시가 이번에는 "너무 방어적이잖아."라고 말했지만 무시했다.

바삭바삭 등심 돈가스 파르페가 실린 메뉴 페이지를 타카와시가 이쪽에 보여 주었다. 확실하게 말해서 방해되었다.

"바삭바삭 등심 돈가스 파르페를 먹고 싶으면 네가 시켜."

결국 끝까지 무시하지 못했다….

나도 수행이 부족했다. 수행한 적은 없지만.

수행이라고 하니 생각났는데. 에리아스는 로열 밀크티 맛 파르페를 일심불란히 먹고 있었다. 두 번째 파르페를 주문할 기세였다.

"이건 학생회 선거 전에 파워를 충전하려고 먹는 거야! 오늘만큼은 다이어트 따위 생각하지 않겠어!"

"부회장은 어차피 영양이 가슴으로 가는 타입이니까 문제없어요."

쓸데없는 말을 한 다이후쿠의 이마에 페트병 뚜껑이 딱 부딪쳤다.

저 녀석, 언제든 사출할 수 있게 준비하고 있는 건가….

"이야~ 역시 홈으로 돌아온 느낌이 들어서 좋네요~"

아이카는 느긋한 표정으로 좌석 뒤쪽에 몸을 기댔다.

"무슨 소릴 하는 거야, 아… 아야메이케. 홈은커녕 여행지잖아."

"그런 의미가 아니라 인관연은 편하다는 거죠~"

오글거리는 대사도 아이카가 말하면 전부 진심으로 들렸다.

하지만 그보다도 나는 타카와시가 조금 망설인 끝에 '아야메이케'라고 부른 것에 주목하고 싶다.

타카와시는 틀림없이 미션을 기억하고 있다.

그리고 어디서 아이카라고 부르면 좋을지 생각하고 있었다.

후후후, 괴로워해라, 괴로워해라, 하고 생각하고 있는데 느닷없이 타카와시가 나를 노려보았다. 내가 웃고 있다는 걸 눈치챘나….

"여러 조와 각각 돌아다니느라 좀처럼 시간이 나지 않았는데 드디어 인관연과 합류했어요~ 기뻐요!"

"그거, 친구가 많다는 어필이지? 그렇지?"

"타카와시, 네 기분도 어느 정도 이해하지만 아이카에게 악의는 없으니까 달려들지 마."

같이 다니고 싶어 하는 사람이 이렇게 많은 것은 고등학생에게 하나의 스테이터스라고 해도 좋았다.

물론 대학생이 되고 어른이 되어 소속 커뮤니티가 바뀌면 그 가치는 상당 부분 소실된다. 다시 다른 커뮤니티에서 입장을 얻어 나가야 한다.

그래도 스테이터스는 스테이터스라, 외톨이 기간이 길었던 나나 타카와시는 그 상황을 무심코 부러워하게 되었다.

"어제도 도중부터 다른 조와 합류했었죠. 피곤해요~"

"유명세를 잔뜩 내서 국가에 공헌해."

그 세금은 일본 엔화로 내는 게 아니고 국가에도 납부되지 않잖아.

타카와시의 독설을 신경 쓰지 않고 아이카는 한입, 한입, 파르페를 정말이지 맛있게 먹었다. 음식 방송인가 싶을 정도였다.

그 얼굴을 보고 있기만 해도 행복해지는 것 같았다.

하지만 아이카의 얼굴을 보고 있으면 가끔 눈이 마주치고 말았다.

그야 누가 쳐다보고 있으면 신경이 쓰이겠지.

그러면 나는 곧장 눈을 돌렸다.

뭔가 나쁜 짓이라도 하고 있는 듯한 기분이었다. 친구의 얼굴을 보는 데 죄책감을 느낄 것이 뭐가 있냐고 묻는다면 없다고 답할 수 있지만, 실제로 나는 안절부절못하고 있었다.

"나리히라 군, 캐러멜 사과 고구마 파르페, 한입 먹을래요?"

자연스럽게 스푼이 이쪽으로 내밀어졌다.

만약 단둘이 있었다면 받아먹었을지도 모르지만 이곳에는 다른 녀석들의 시선이 있었다.

특히 타카와시가 힐끔힐끔 이쪽을 살피고 있는 것 같았다.

너는 너대로 해야 할 일이 있잖아….

"괜찮아…. 내 걸 다 먹기에도 배부르니까…."

"그런가요~ 먹고 싶어지면 말해 주세요. 나리히라 군은 한창 자랄 때니까요."

응, 아이카는 평소와 똑같다. 이상한 부분은 어디에도 없었다. 도시락 반찬을 받은 적도 있고, 새삼 이 정도 일로 이상하게 생각하는 것이 이상했다.

그런데도.

나는 완전히 의식하고 있었다! 기분상으로는 이미 단둘이서 놀이공원에 온 느낌이야!

거동이 이상해지지는 않았을까. 주위에 들키지 않았을까.

이런 장면에서의 처세술이 있다면 가르쳐 줘.

가시방석이라고 느낀 적은 살면서 몇 번이나 있었다. 하지만 이런 식으로 불편한 것은 처음이었다…. 어이어이, 이건 마치, 이건 마치….

사랑에 빠진 것 같잖아!

내가 누군데? 드레인 사용자라고. 뭐, 무의식중에 발동하고 있는지라 사용자라고 해도 괜찮을지 모르겠지만… 나란 말이야. 그런데 사랑?

평상심이다. 평상심…. 그저 다 같이 카페에 들어왔을 뿐이다.

"나리히라, 컨디션이 별로야? 유독 파르페를 빤히 쳐다보고 있는데."

에리아스에게 먼저 이상하게 여겨졌다!

"이상한 거라도 먹었어? '부회장 성수'를 마시면 기분도 나아질 거야."

확실히 식욕이 없을 때는 물을 마시면 좋다고 하지만 '부회장 성수'는 좀….

"괜찮아. 정말로 별거 아니야…."

"뭐, 보통 여행 둘째 날에 피로가 찾아온다고 하니까. 하지만 그레 군은 평소처럼 뭔가 세상에 삐진 듯한 얼굴을 하고 있으니 몸 상태는 문제없을 거야. 반에서도 인관연에서도 이런 얼굴인걸."

"타카와시, 너 거들어 주는 척하면서 그냥 독설을 내뱉고 있을 뿐이지?"

그래도 도움은 도움이었다. 내 몸 상태는 이상하지 않다고 말해 준 것이니 고마워해야 했다.

하지만 나는 타카와시의 통찰력을 얕보고 있었다.

"아니면 그레 군 나름의 고민이 있는 걸지도 모르지. 남들한테는 말할 수 없는 고민이."

으엑! 아무렇지도 않게 핵심을 찔렀다!

"남들한테는 말할 수 없는 고민이라니…? 혹시 외설스러운 고민…?"

에리아스가 입을 가렸다. 어이, 멋대로 내 평가를 낮추지 마!

"남자니까 그런 것도 있을 테고, 그레 군이라면 가장 가능성이 큰 건…."

어이어이, 그 이상 발을 들이지 말아 줘….

"…너무 하찮아서 남한테 상담할 수도 없는 고민이지 않을까."

빗나갔다! 살았다!

하지만 그래도 열받아!

"그런 거야…. 어찌 되든 좋은 일이야…."

지금은 긍정하지 않을 수 없었다. 자신을 폄하하여 무사히 도망칠 수 있다면 싸게 먹히는 것이다.

"걱정하지 않아도 돼. 설령 자신에게 중대한 일이더라도 다른 사람에게는 대체로 하찮으니까. 그건 나나 드리코나 아야메 이케나 다들 똑같아."

타카와시가 늙은 현자처럼 달관한 어조로 말했다.

"옛날 고명한 록 밴드는 이런 노래를 불렀어. 사랑은 편의점에서도 팔고 있다고. 사랑조차 그렇게 흔해 빠진 거야."

사랑이라는 단어가 나와서 움찔했다. 이 카페, 심장에 안 좋아.

"요컨대 하고 싶은 말이 뭐야? 잘 모르겠는데…."

에리아스가 태클을 걸어 줘서 다행이다. 내 쪽에서 능동적인 반응은 보이기 힘들었다.

"우리의 체험 하나하나는 환원해 보면 흔해 빠진 일이라는 뜻이야. 하지만 흔해 빠진 일이 자신에게는 엄청난 기적처럼 여겨지지. 지구가 자신을 중심으로 도는 것 같다고 착각하게 돼. 그런 착각을 버리지 않으면 괴로워지는 건 자기 자신이야."

"법회 자리의 스님 같은 말을 하는구나…."

파르페는 달콤했지만 맛이 느껴지지 않았다.

아직 의도가 파악되지 않지만, 역시 이건 타카와시 나름대로 나를 도와주는 거겠지.

표현을 바꾸자면 격려인가.

좀 더 자연체로 있으라고. 넓은 시야로 보면 그렇게 호들갑 떨 만한 일이 아니니까… 그런 뜻일 터.

타카와시라면 나를 저격하는 말일 가능성도 있지만….

그래도 일단 이야기는 수습되었기에 나도 파르페에 집중할 수 있게 되었다. 달콤한 음식은 역시 맛있다.

그러나 거기서 다음 파란이 일어났다.

다이후쿠의 다음과 같은 말이 불시에 귀로 날아들었다.

"저기… 내일, 괜찮으면 둘이서 돌아다니지 않을래?"

물론 시오노미야에게 한 말이었다.

너무 뜬금없지 않을까 싶었으나 꼭 그렇지만도 않았다.

그리고 보니 내 이야기가 나왔을 때 대화에 참여했던 사람은 타카와시와 에리아스였고, 다이후쿠와 시오노미야는 끼지 않았었다.

그사이에 둘이서 이야기가 이어진 듯했다.

그건 그렇고, 다이후쿠도 불안해 보였다. 평소와 같은 여유로움은 없었다.

하긴, 일생일대의 일이니까. 나도 냉정하게 그런 말은 못 할 거야.

"내, 내일이요?"

시오노미야는 눈을 깜박거리고 있었다. 정말로 자신에게 한 말이냐는 듯 오른손으로 자기 얼굴을 가리키고 있었다.

"응. 내일 어떻게 할지 아직 정하지 않았다고, 방금 그러길래…."

모두가 보고 있는 앞이라 시오노미야의 얼굴도 빨갰다.

하지만 다이후쿠는 오히려 모두가 같이 있으니까 여기서 말을 꺼냈을 것이다.

정정당당히 뒤탈 없도록 시오노미야에게 대시하기 위해.

시오노미야랑 둘이 다녀도 되겠냐고 나한테까지 물어봤을 정도니까. 잔재주 같은 건 전혀 부리지 않고서, 부딪치고 깨지는 정신으로 다이후쿠는 시오노미야와 마주하기로 한 것이다.

좋아, 그 마음가짐이야.

이야기하고 있는 사람은 이제 아무도 없었다.

다들 시오노미야의 대답을 기다리고 있었다.

그리고 메이드장이 "냐~" 하고 울었다.

혹시 이건 경보일까?

"어어… 그러네요… 그럼, 둘이서 갈까요…."

시오노미야는 그 제안을 받아들였다.

다이후쿠가 살며시 미소 지은 것을 나는 놓치지 않았다.

"메이드장도 함께 가니까 셋일지도 모르겠지만요."

메이드장이 나도 있다고 주장하듯 "냐~~~~" 하고 또 길게 울었다.

"응…. 그건 물론 상관없어…."

다이후쿠야 조금 아쉽겠지만 이건 처음부터 정해져 있는 일이니까….

"와~ 둘이서 돌아다니는 건가요! 좋네요~♪"

아이카가 그렇게 반응했을 때, 등골이 오싹해졌다.

여기서 우리도 둘이서 돌아다닐 예정이라고 말한다면… 내게 닥칠 허들이 올라간다! 무슨 허들인지 나도 잘 모르겠지만 올라간다!

다만 아이카는 그 이상 아무 말도 하지 않았다.

살았다….

타카와시의 시선이 또 느껴졌다.

차라리 마음속 오픈을 발동시켜서 무슨 생각을 하고 있는지 보고 싶다.

"봄은 만남과 이별의 계절이지."

타카와시가 의미심장한 말을 했다.

"지금은 가을이고, 이별 쪽은 말하지 않는 편이 좋지 않을까?"

"그러네. 드리코도 선거 열심히 해."

그 이상 큰 이야깃거리는 없어서 나는 파르페를 없애는 데 전념할 수 있었다.

그리고 내가 확인한바 타카와시는 아이카라고 이름으로 부르지 않았다. 아직 때가 아니라고 생각하는 걸까.

뭐, 오늘 중으로 부르면 되니까. 네가 말하고 싶을 때 말해.

"후우, 잘 먹었다. 파르페는 몸뿐만 아니라 마음도 행복하게 한다니까."

에리아스의 기분도 매우 좋았다.

어제부터 꽤 정서가 불안정했는데. 파르페의 힘은 위대했다.

다만 나는 여자의 힘을 얕보고 있었다.

에리아스는 포스트잇이 가득 붙은 교토 관광 가이드북을 꺼냈다.

그것을 펼치자 단 음식을 취급하는 가게들이 소개된 페이지가 나왔다.

"자, 다른 가게로 가자!"

"어? 설마 2차도 있는 거야?!"

"말했잖아. 학생회 선거 전에 철저히 파워를 모을 거야. 무엇보다 오후부가 카페 한 곳으로 끝일 리 없잖아!"

시오노미야와는 다른 종류의 에너지가 에리아스에게서 느껴졌다. 에리아스는 최근 본 것 중에서 가장 생기 넘쳤다.

"뭐랄까, 장래에 네 애인이 될 남자도 꽤 힘들겠다…."

직후, 에리아스가 사레들렸다. 내가 뭐 잘못 말했나? 성희롱에도 해당하지 않는 발언이었을 텐데….

"파르페를 너무 많이 먹은 거 아니야?"

"느닷없이 이상한 말 하지 마! 바보!"

에리아스의 역린을 건드렸는지 페트병 뚜껑이 아니라 페트병 본체가 내게 날아왔다. 피해서 페트병이 뒤로 날아가는 건 좋지 않으므로 잡았다.

"선거가 다가와서 진짜 예민해져 있구나. 단것만 먹지 말고 칼슘도 섭취해."

"시끄러워! 나리히라는 여심이라도 드레인해서 커뮤니케이션 능력을 높여!"

굉장히 너무한 말을 들었지만 타카와시는,

"그레 군이 잘못했네. 두말할 것 없이 잘못했어."

라고 일축했다…. 여심은 모르겠다. 남자의 마음도 그리 잘 알지는 못하지만….

그 후 우리는 일본식 디저트 가게에 들어갔다.

나와 다이후쿠는 말차만 시켰지만 여자들은 다들 태연하게 새알심이 들어간 단팥죽 같은 것을 먹었다. 여자들에게 단 음식이 들어가는 배가 따로 있다는 이론은 사실인 모양이었다.

다만 오전에 상당한 거리를 걸어서 지쳤기에, 그런 점에서 에리아스가 고른 코스는 고마웠다.

그렇게 에리아스를 따라 우리는 오후부 마지막 장소로 이동했다.

거대한 기념품 판매장이었다.

"식욕 다음에는 구매욕을 채우는 거야! 학생회 녀석들에게도 뭔가 사 줘야 하니 말이지!"

에리아스는 다시 기합이 들어가 있었다. 오늘도 가끔 신경질을 부리기는 했으나 전체적으로 보면 기분이 좋았다.

"아아, 학생회는 다른 학년도 섞여 있지?"

다이후쿠와 에리아스가 같이 있으니 학생회용 선물을 고르기 딱 좋지 않을까.

하지만 우리 인관연은 전부 2학년이라서 선물을 줘야 할 상대도 특별히 없….

"아사쿠마 양에게 뭔가 사 주고 싶어요."

시오노미야가 우리에게 제안했다.

"란란, 굿 아이디어예요!"

아이카가 우리를 대표하여 시오노미야를 칭찬했다.

아사쿠마 시즈쿠. 한마디로 말하자면 시오노미야의 제자인 1학년생이다. 그녀도 인관연 멤버라고 할 수 있겠지. 입부 신청서는 내지 않았지만.

그 후 자연스럽게 학생회팀과 인관연팀으로 나뉘어 선물을 물색하게 되었다.

"힘을 합쳐서 좋은 선물을 골라요!"

아이카는 열기가 느껴질 만큼 들떠 있었다.

"그러네. 의리는 다해야지."

타카와시는 평소처럼 기분이 저조했다. 솔직히 세계에서 가장 선물을 사 오지 않을 듯한 녀석이었다.

근데 이 녀석, 언제 아이카라고 부를 셈이지? 선물을 사면 숙소로 돌아갈 시간인데.

"아사쿠마한테 줄 선물이라. 흠."

타카와시는 생각보다 더 적극적으로 상품을 살펴봤다.

하지만 불길한 예감이 들었기에 후방 1m 반쯤 되는 곳에서 감시하기로 했다.

"교토니까 역시 신센구미 옷을 사야지."

타카와시는 정성 성(誠) 자가 적힌 파란색 옷을 집었다.

"너, 100% 골탕 먹이려고 고른 거지?!"

그거, 자주 팔지만 입은 녀석을 본 적이 없어!

"그럼 '교토'라고 적혀 있는 이 삼각형 페넌트···."

"형태가 남는 건 고르지 말라니까! 이럴 때는 먹거리로 해! 사라지지 않고 남는 건 상대에게 부담을 줄지도 모르니까!"

내 전 재산을 걸어도 좋다. 타카와시는 일부러 별로 기뻐하지 않을 만한 물건을 고르고 있다. 먹거리 쪽이 받는 사람도 부담되지 않는다는 것을 모를 리가 없었다.

타카와시가 뒤에 있는 나를 힐끔 보았다.

"그레 군의 시끄러운 의견도 참고할게."

"일부러 시끄럽다고 하지 않아도 돼."

"그럼 열쇠고리랑 마이코 인형이랑, 조립하면 탑이 되는 페이퍼 크래프트."

"내 의견은 전혀 참고하지 않았잖아!"

이대로 가다가는 진짜로 아사쿠마를 골탕 먹이는 전개가 되어 버린다.

아이카와 시오노미야가 둘이서 물색하고 있으니 최소한 하나는 멀쩡한 선물이 되겠지만, 거기에 목도가 딸려 온다면 선물 받아 기쁜 마음도 상쇄된다.

"걱정하지 않아도 이건 아사쿠마에게 줄 선물이 아니야. 가족용이야."

"아아, 다행… 너 말이다, 가족도 좀 봐줘라…."

"언니한테는 목도를 줄 거야. 이거, 한번 사 보고 싶었어. 착불로 집에 보내야지."

그 목도가 타카와시에게 쓰이지 않기를.

나는 가족을 위해 무난한 말차맛 쿠키를 사기로 했다. 생 야츠하시는 너무 평범해서 변화를 주고 싶었다.

"위험성을 과하게 피하다 보니 전혀 재미있지 않은 그레 군다운 선택이네. 이거 칭찬이야."

"칭찬이라고 하면 뭐든 칭찬이 되는 건 아니야."

"그런 주제에 정석 중의 정석인 생 야츠하시를 사지 않는 점이 그레 군의 프라이드를 나타내고 있네."

"분석이 정확하다는 건 알았으니까 말하지 마!"

명석한 두뇌를 너무 낭비하고 있다고 생각한다.

그 직후였다.

"아이카, 아사쿠마에게 줄 선물은 이 초콜릿으로 하지 않을래?"

타카와시는 스리슬쩍 아이카라고 불렀다. 확실하게 불렀다.

그것이 타카와시의 작전이었다. 물건을 고르느라 정신없는 틈을 타 아이카의 기억에 남기 전에 미션을 해치워 버릴 셈이었다.

하지만 그 작전은 실패했다.

초콜릿 상자를 든 타카와시의 얼굴은 누가 봐도 알 수 있을 만큼 빨개져 있었으니까.

"엇… 지금, 에링, 아이카라고 불러 줬죠?! 그렇죠?!"

아이카가 잡아먹을 기세로 타카와시에게 다가섰다.

우연히 길거리에서 좋아하는 아이돌을 발견한 듯한 반응이었다.

"어, 응…. 그런데…."

"기뻐요! 마침내 성으로 부르는 것에서 졸업한 거네요!"

아이카는 가게 안에서 폴짝폴짝 점프했다. 은근히 민폐지만, 사정이 그럴 만하니 용서해 주세요.

"에링, 다시 한번 아이카라고 불러 주세요! 자, 어서요!"

아이카가 코앞에서 쳐다보자 타카와시는 쩔쩔맸다. 몸의 중심이 완전히 뒤로 가 있었다.

"아… 아… 아이카… 이제 안 해! 역시 아야메이케라고 부를래!"

얼굴을 붉힌 타카와시는 초콜릿을 들고서 도망치듯 성큼성큼 계산대로 가 버렸다.

"나리히라 군, 방금 그거 들었죠?"

이번에는 아이카가 반짝거리는 눈으로 내게 조금 전 일어난 사건의 증인이 되기를 청했다. '타카와시가 아이카라고 이름으로 부른 사건'이라고 명명할까. …정말로 이름 그대로네.

"응, 들었어. 확실하게 들었어. 녹음하지 못한 게 아쉬울 정도야."

"아이카, 오늘 하루 중에서 가장 기뻤어요!"

기뻐하는 아이카의 모습을 보기만 해도 나까지 마음이 들떴다. 이건 매혹화의 영향일까…? 자신의 기쁨으로 타인까지 기쁘게 할 수 있다니, 터무니없이 굉장한 일이다.

타카와시, 솔직히 말해서 재미있었지만, 너의 용기는 내 눈과 귀로 똑똑히 확인했어.

★

료칸에 돌아온 나는 방구석에 대자로 뻗었다. 노지마 군이 돌아와 있긴 했지만 드레인의 위험이 미치지 않는 곳에 있었다.

"뭔가 되게 피곤하다⋯."

"하루 동안 쌓인 피로가 다다미방에 들어오면 단숨에 밀려들지. 나도 생각보다 더 피곤했다는 걸 실감 중이야."

노지마 군의 목소리가 날아왔다.

"응, 2박 3일은 의외로 하드 모드인 것 같아⋯."

이런 대화가 이루어지는 것만으로도 나는 상당히 성장했을 텐데 거기서 만족하지 못하고 또 다음 과제가 생긴다. 어려운 일이다⋯.

나는 오른손으로 스마트폰을 움켜쥐고 있었다.

내일 아이카와 어디 갈지 아직도 정하지 못한 상태였다.

파르페를 먹으며 아이카에게 내일 어디 갈지 물어볼 수도 있었지만 그건 내 자의식이 허락해 주지 않았다.

그룹 채팅방이 아닌지 확인하고서 아이카에게 메시지를 보냈다.

[내일 갈 곳 말인데, 흔히 가는 곳이라면 역시 아라시야마일까?]

[아라시야마는 둘째 날 오전 중에 다녀왔어요!]

즉각 사진과 함께 답장이 왔다.

어쩌지…. 후보가 술술 나올 만큼 자세히 알지는 못하는데.

[그럼 아라시야마는 넘어가고. 어디가 좋을까….]

에스코트하는 능력 같은 건 없고, 본심을 말하자면 아이카가 전부 정해 줬으면 좋겠다. 아무 생각 없이 하자는 대로 따르고 싶다.

연애는 떠밀려 가는 편이 간단하단 말이야.

모두가 보는 앞에서 시오노미야에게 둘이서 다니자고 말했던 다이후쿠의 모습이 머릿속에 떠올랐다. 그것은 역풍이 휘몰아치는 망망대해에 배를 띄우는 듯한 행위였다. 단적으로 모험이라고 해도 좋다.

나보고 그렇게 하라고 한다면 꽁무니를 뺄 것 같다.

아이카가 장소도 정해 준다면….

그러나 다음 메시지가 그런 옹졸한 발상을 깨부쉈다.

[모처럼이니 밤에 직접 만나서 얘기 나누지 않을래요?]

"그렇게 나오는 건가."

무의식중에 그런 말을 내뱉었다.

어쩌면 나를 본 신이 제대로 싸우라고 내게 말하고 있는 것일지도 모른다.

밤에 로비에서 만나기로 했다. 커다란 마네키네코[*]가 놓여 있어서 조금 섬뜩했다. 요즘은 이런 료칸 쪽이 오히려 귀할지도 모른다.

다행히 인적은 없었다. 여기에는 신문과 소파 정도밖에 없고, 밤에는 방에서 이야기하는 것이 보통이리라.

너무 푹신해서 몸이 푹 가라앉는 소파에 앉았다. 서서 기다리는 것보다는 나았다. 서 있으면 딱 봐도 누군가와 만날 예정이라는 분위기를 풍기게 되니까. 아니, 물론 만날 거지만, 별로 알려지고 싶지는 않았다.

"안녕하세요~"

말끝을 길게 늘인 목소리가 뒤에서 들렸다. 아이카의 목소리라고 바로 알아챘다.

하지만 뒤돌아봤다가 오늘 하루 중에서 가장 큰 충격을 받고 말았다. 세계 유산 따위는 상대가 되지 않았다.

그곳에는 이제 막 목욕을 끝낸 듯한 아이카가 있었다. 그 탓인지 유카타 차림이 관능적이었다. 아니지, 흐트러지게 입은 것도 아니고, 관능적이라고 하는 건 이상한가? 하지만 가슴이

※마네키네코 : 한쪽 발을 들고 있는 모습의 고양이 조각상. 복을 불러들인다는 의미를 지니고 있다.

뛴 것은 사실이었다.

다만 그것 때문에 충격받은 것은 아니었다.

"방금 막 목욕을 끝내서 스트레이트예요~ 평소에는 살짝 말아서 세팅하지만."

그랬다. 평소 아이카의 헤어스타일과 달랐다. 어깨를 따라 머리카락이 풀어져 있었다. 그 모습이 또 두말할 것 없이 관능적이라고 할까, 요염하다고 할까….

"좀 이상한가요? 이 머리 모양으로 다른 사람을 만나는 일은 거의 없거든요."

아이카는 손으로 머리카락을 만지작거리며 말했다.

이거 뭐야! 지금 세이고의 여학생 중에서 제일 섹시해!

심장 박동이 빨라졌다.

매혹화의 효과가 발휘되고 있었다. 틀림없이 발휘되고 있어….

나는 가슴을 눌렀다. 그러지 않으면 내일 일정을 정하기 전에 고백해 버릴 것 같았다. 이성을 유지할 수가 없어…. 이런 건 매혹화가 없어도 정신을 차릴 수 없게 된다.

"엄청 잘 어울려! 너무 잘 어울려서 무서워!"

"나리히라 군, 그거, 여자를 칭찬하는 표현으로는 이상해요~"

아이카에게 가볍게 주의를 받고 말았다. 표정은 변함없으니 기분이 상한 것은 아닐 테지만.

"아, 미안…. 이럴 때 적절한 말을 할 수 있을 만큼 사교성이 좋진 않아서….”

“하지만 기쁘기는 해요. 고마워요!”

더는 내일 일을 생각할 여력이 없었다.

아이카의 귀여움을 접했을 뿐인데 온몸의 힘을 다 쓴 기분이었다.

물리적으로 사귈 수 있을지 없을지와는 별개로, 사귀고 싶냐고 물어본다면 당연히 사귀고 싶었다.

“왜 그렇게 빨개져 있어요? 나리히라 군.”

아이카는 내 맞은편 소파를 조금 움직여서 1m는 떨어지도록 했다.

“굳이 따지자면 방금 목욕을 끝낸 아이카가 빨개져야 할 것 같은데.”

그리고서 아이카는 쿡쿡 웃으며 소파에 몸을 묻었다. 수분을 머금은 머리카락도 살짝 물결쳤다.

내가 쑥스러워하고 있다는 것이 너무나도 노골적이었다. 숨기려고 하면 더 이상해진다.

솔직하게 예쁘다고 말해야 할까?

여자와 만나고 있는 거니까 그러는 것이 예의일까?

하지만 외모를 칭찬하면 성희롱이 되는 경우도 있고, 애초에 매우 의식하고 있다는 것을 직접 전하는 꼴이 될지도 모른다.

다만 어차피 모든 면에서 고백 따위 할 수 있을 리가 없었다.

나는 너무 눈에 띄지 않도록 코로 심호흡했다.

"그래서, 내일 가고 싶은 곳 있어?"

"정원이 예쁜 곳이면 좋겠어요~"

아이카는 스마트폰으로 사이트를 열었다. '교토 절경 정원 10선'이라는 사이트였다.

"예를 들면 여기에서는 슈가쿠인 별궁이나 카츠라 별궁이나 코케데라 같은 곳이요."

"…아이카, 거기 전부 예약제야."

그 정도는 교토에 오기 전에 확인했다. 가이드북에도 예약제이니 주의하라고 적혀 있었고.

"네~?! 예약해야만 갈 수 있는 곳도 있군요. 그럼 다른 곳을 봐야겠네요."

이번에는 '교토의 관광지 12선'이라는 사이트를 열람했다.

금각사(金閣寺)나 은각사(銀閣寺) 같은 메이저한 관광지의 사진이 나열되어 있었다.

그런 곳은 거의 시가지에 있었다. 나로서는 좀 더 교외 쪽으로 나가는 편이 고마웠다.

지금 세이고의 2학년생 대부분이 교토 시내에 있으므로 다소 멀리 떨어진 곳에 가지 않으면 동급생과 쉽게 조우하게 된다. 그것은 별로 좋은 일이 아니었다. 아이카는 유명인이고, 나도 본의 아니게 전교에 악명을 떨치고 있었다.

그리고 인구 밀도가 높은 곳은 드레인도 걱정거리다.

"어디 좋은 곳 없을까요~"

나는 아이카의 손가락과 젖은 머리카락을 번갈아 쳐다보고 있었다.

지금 내가 놓여 있는 상황에 현실감이 부족했다.

꿈을 꾸고 있는 것 같지만, 즐거운 꿈이라고 단언할 수는 없었다. 불안한 감정도 있었다. 여태껏 내가 고민했던 문제와는 전혀 다른 문제가 내 앞에 있었다.

가능한 한 평상심….

가능한 선에서 평상심….

일단은 여행을 성공시키자. 좋은 여행이었다고 아이카가 생각하게 하자.

그 뒤는 생각하지 마…. 그 부분은 승리 조건이 아니야.

친구임을 의식하는 거다. 연애 쪽으로 넘어가선 안 된다. 연애라니, 외톨이가 범접할 만한 것이 아니다. 근본적으로 수행이 부족했다. 창피한 흑역사 수준을 넘어 지독한 결과가 나올지도 모른다….

나랑 아이카는 친구다. 그 전제에서 움직이지 마.

"아아, 여기요, 여기! 여기도 가고 싶었어요!"

스크롤을 내리던 아이카의 손가락이 멈췄다.

"나리히라 군, 여기 어때요?"

아이카가 손을 뻗어 내게 스마트폰을 보여 주었다.

빨간 등롱이 계단을 따라 늘어선 사진이 보였다.

키후네 신사라고 적혀 있었다.

다른 사진은 강 위에서 즐기는 식사나 청류를 보여 주는 것이었다.

아아, 교토에서도 유명한 피서지였다. 산 쪽이라서 그런대로 교외이기도 했다.

여기라면 어색한 조우가 발생할 위험도 적을 것이다.

"응, 문제없을 것 같아. 내일은 여기에 가자."

"네!"

아이카의 씩씩한 웃음을 보자 또 평상심이 흔들릴 것 같았다….

아니야. 데이트가 아니라 그냥 수학여행이야…. 지금까지는 기적적으로 멋진 수학여행을 보내고 있잖아. 쓸데없는 짓을 해서 유종의 미를 거두지 못하게 만들지 마….

여기에 둘이서 너무 오래 있으면 누가 올 것 같다….

"자세한 시간 같은 건 이따가 보낼게!"

나는 허둥지둥 일어났다.

"네~ 기다릴게요!"

나, 줄곧 안절부절못했네.

반면 아이카는 조금도 이상한 모습을 보이지 않았다.

머리 모양을 제외하면 내가 아는 아이카 그 자체였다.

적어도 내 눈에는 사랑에 빠진 것처럼 보이지는 않았다. 네가 사랑에 빠진 여자에 대해 뭘 아느냐고 묻는다면 모른다고 대답할 수밖에 없지만, 아이카의 태도에 이상한 점은 전혀 없었다.

응, 그런 거다. 아이카는 그저 친구와 함께 돌아다니려는 것이다.

"나리히라 군, 우리 내일은 최고로 멋진 하루로 만들어요!"

그런데도 아이카가 마지막에 건넨 한마디가 내 마음을 또 마구 휘저었다.

방에 돌아온 나는 드러누워서 자세한 시각 등을 검색했다.

내일을 최고로 멋진 하루로 만든다.

인생 최후의 수학여행 마지막 날을 빛나는 추억으로 만든다!

그것이 내게 부과된 내일의 미션이었다.

물리적으로 고립된 나의 고교생활

④ 이성과 둘이서 행동하는 것을
어디서부터 데이트라고
불러야 할지 고민되지

둘째 날에 여행의 피로가 나타난다는 것은 사실이었다.

같은 방을 쓰는 녀석들도 크게 떠드는 일 없이 간단히 잠들었다.

수학여행 밤에 소화할 이벤트를 어젯밤에 해치워 버린 탓도 있을 것이다. 베개 싸움도 진실게임도 매일 할 만한 것은 아니었다.

덕분에 나도 푹 잠들 수 있었다…고 말하고 싶지만, 좀처럼 잠이 오지 않았다.

어쩔 수 없었다. 아이카와 단둘이 관광하는데 잠이 오겠는가. 하치오지의 역 앞을 돌아다니는 것과는 달랐다. 누구든 긴장할 거야….

그리고 베개가 집에서 쓰는 것보다 낮았다. 그 차이가 꽤 신경 쓰였다.

불행 중 다행인 것은 드레인이 있으므로 손을 잡는 등의 묘한 상황을 고려할 필요가 없다는 점이었다. 정말로 불행 중 다행이네. 아니, 역시 드레인은 불행이야.

자자…. 수면 부족 상태로 내일을 맞이해서는 안 된다. 베스트 컨디션으로 임해야 해….

다른 생각을 해서 머리가 뜨거워지는 것을 막자.

다이후쿠는 시오노미야와 어디에 갈까.

그 녀석이라면 알아서 잘하겠지. 이미 시오노미야도 그럭저럭 호감을 품고 있지 않을까? 어쩌면 내일 키스 정도는 하려나…?

……. …….

이번에는 부러워졌다.

왜 시샘하는 거야. 나도 아이카랑 단둘이 돌아다닐 거라고. 오히려 시샘받을 쪽이라고.

하지만 이런 논리가 아니겠지….

이대로 가다가는 사고가 꺼림칙한 쪽으로 날아갈 것 같았다. 그것은 좋지 않다.

내 몸아, 제발 빨리 잠들어라.

뭐라도 셀까.

메이드장이 하나, 메이드장이 둘, 메이드장이 셋….

메이드장이 대략 서른쯤 되어 서로 부대끼기 시작했을 무렵에 잠에 빠졌다.

메이드장 같은 강렬한 존재를 생각하며 용케 잠들었구나….

★

마지막 날은 오후 다섯 시에 교토역에 돌아가면 된다. 시간은 얼마든지 있었다. 커다란 짐은 택배 서비스로 집에 보내서 홀가분하게 다닐 수 있었다.

료칸 바로 앞에서 만날 용기는 없었기에 료칸과 가장 가까운 역을 약속 장소로 삼았다. 같은 학교 학생과 맞닥뜨리기 힘들도록 시간도 일찍 잡았다. 목적지는 신사이니 조금 일찍 가도 확실하게 열려 있다.

어쩌면 이것부터가 여자 입장에서는 포인트를 깎아 먹는 일이지 않을까 걱정하며 지하에 있는 개찰구 앞에서 기다렸다. 아니, 그건 괜한 걱정이다. 왜냐하면 평범한 여자라면 애초에 나랑 둘이서 돌아다닐 생각을 안 할 테니까!

…여기서 자학하게 된단 말이지.

설령 마음은 그렇더라도 자학적인 말은 한마디도 꺼내지 말자. 그건 아이카에게도 실례다. 그리고 아이카도 예전에 그런 점을 지적했던 것 같고.

나는 잘할 거다! 할 수 있다!

"뭔가 의욕적이네요~"

대각선 위쪽을 보며 오른손을 불끈 쥐고 있을 때 아이카의 목소리가 들렸다. 바로 앞에 아이카가 와 있었다.

"아, 안녕…. 오늘도 비는 오지 않을 것 같아서 다행이야….”

아이카는 사전에 준비했는지 교토에서 샀는지, 작은 물건이 몇 개 들어갈 만한 가방을 들고 있었다. 물론 옷은 세이고 교복이지만, 가방 하나로도 굉장히 근사해 보였다.

어젯밤에 본 목욕하고 나온 모습이 머릿속을 스쳤다. 역시 그건 무진장 요염했고, 남들에게 보일 차림이 아니었다. 그것과 비교하면 지금 아이카는 건강한 아름다움을 휘감고 있었다.

"그러네요! 거의 온종일 흐리다는 것 같아요. 비가 오지 않아서 다행이죠. 비 오는 날의 키후네 신사도 분위기 있을 것 같지만요!"

"그럴지도 모르겠네. 비를 내려 달라고 빌었던 신인 것 같고.”

이야깃거리로 삼을 수 있지 않을까 싶어서 어젯밤에 어느 정도 정보는 찾아봤다.

"후후~ 그럼 오늘은 둘이서 즐겁게 보내요~!"

둘이서 즐겁게인가. 아이카의 말이 전부 의미심장하게 들린다고 생각하며 나는 자동 개찰구를 빠져나갔다.

승강장에 내려가니 마침 녹색 전철이 들어오는 참이었다. 사람이 바글거리지는 않았다. 드레인을 가진 내가 타도 괜찮은 수준이었다.

"교토라서 말차색인 거네요."

"말차를 이미지한 건지는 모르겠지만… 아니, 의외로 그게 맞을지도…."

전철을 탄 나는 문 위에 있는 노선 안내도에 시선을 보냈다. 종점까지 몇 개역인지 등등 어찌 되든 좋은 이야기를 꺼내게 될 것 같았다. 하찮고 시시한 화제였다. 그만둬.

말하는 내용 하나하나에 유난히 신중해져 있었다.

그렇다고 해서 너무 깊이 파고드는 질문을 할 수도 없었다.

예를 들면….

어째서 나랑 둘이서 돌아다니자고 한 거야?

이런 것.

그것이 지금 내게 가장 큰 의문이었고 제일 먼저 묻고 싶은 것이기도 했다.

하지만 도저히 물어볼 수 없었다. 어떤 대답이 돌아올지 알 수 없고, 솔직히 무서웠다.

이번에는 스마트폰을 꺼내고 싶어졌지만 그것도 참았다.

왜 좋지 않은 방법들만 떠오르는 걸까. 무례한 것도 정도가 있다.

"저기, 아라시야마는 어땠어?"

무난하고 부자연스럽지도 않은, 나쁘지 않은 질문이었다. 자가 채점하자면 75점.

게다가 아이카가 말하도록 유도할 수 있으니 나 혼자 일방적으로 떠드는 것보다 훨씬 좋았다.

"아라시야마는 말이죠. 다리가 멋있었어요."

지상을 달리는 노선이라 아이카의 목소리가 잘 들리지 않았다.

그렇다고 드레인의 범위인 1m를 무시하고 다가갈 수도 없었다.

지금만 청력이 좋아지면 좋겠다.

"다리라는 건 도월교를 말하는 거지?"

"그럴 거예요. 그리고 세계 유산으로 지정된 절⋯ 이름이 뭐였더라?"

"아마도 텐류지(天龍寺)일 거야."

"아아, 맞아요, 그거예요! 거길 보고 나서 죽림 길을 걸었어요. 죽림은 사람이 너무 많아서 좋은 사진을 찍기 어려웠지만요."

아이카가 스마트폰으로 찍은 사진을 보여 줬다. 확실히 사람이 많이 찍혀 있었다. 셀카봉도 두 개 들어가 있었다.

"세계적인 관광지가 됐으니까⋯. 어쩔 수 없지⋯. 관광 가이드에 쓰이는 사진은 아침 일찍 가서 찍지 않을까⋯."

"그럴지도 모르죠. 아이카는 북적이는 것도 좋아요."

아, 이대로 가면 이야기가 뚝 끊긴다…. 연장하자, 연장….

"아이카, 도월교 사진도 있어?"

"네. 보세요~"

아이카에게 스마트폰을 받아 사진을 훑어보았다.

느낌상으로는 세 번째로 만났을 때처럼 진정이 안 됐다. 최소한 친구라고 부를 수 있는 거리감은 아니었다.

여태껏 아이카랑 어떻게 이야기했더라?

아니다. 어떻게 이야기할지 생각하다 보면 더 어색해진다. 배트나 라켓 쥐는 법을 늘 신경 쓰며 잡는 프로 스포츠 선수는 없다. 지극히 자연스럽게 말이 나와야 한다.

하지만 그 자연체라는 것이 터무니없이 어려웠다.

평소와 다름없는 모습인 아이카가 부러웠다.

아이카까지 부러워서 어쩌자는 거야….

그때, 내 스마트폰이 반응했다.

"미안. 뭔가 연락이 와서."

로비에 있던 마네키네코의 얼굴이 클로즈업된 사진이 있었다.

[마네키네코는 자세히 보면 무섭지 않아?]

타카와시가 보낸, 진심으로 어찌 되든 좋은 통지였다….

[글네.]

칸사이 사투리처럼 됐지만, 이곳은 칸사이이니까 괜찮겠지.

설마 어제 로비에서 내가 아이카와 만나는 모습을 보고 이런 사진을 보낸 건 아니겠지? 봤더라도 문제는 없다고 할까, 타카와시에게는 이미 상담했지만.

"타카와시가 이상한 사진을 보냈어."

아이카에게 보여 주자 살짝 업된 모습이 되었다.

"우와~ 귀엽게 못생겼어요!"

"이것도 귀엽다고 분류되는 거야?"

경제 용어 중에 마이너스 성장이라는 말이 있는 것과 마찬가지인가.

"하지만 귀여운 맛이 있어요. 가만히 보고 있으면 귀엽지 않아요?"

"타카와시는 가만히 보고 있으면 무서워진다고 했어."

그런 점에서 플러스 사고인지 마이너스 사고인지가 확실하게 나타나 흥미로웠다.

"하지만 마네키네코는 복을 부르는 고양이잖아요. 무서운 일은 일어나지 않아요. 기껏해야 아침에 깨우러 오는 것 정도죠."

"그거, 명확하게 호러의 영역이야."

"어라, 그런가요…? 하지만 마네키네코가 '아침이야~' 하면서 깨우러 오는 건 사람을 도와주는 일이니까 문제없지 않아요?"

224

"이건 단언할 수 있는데, 아이카의 가치관 쪽이 어긋나 있어."

아니면 메이드장의 존재를 알게 되면서 아이카의 상식도 어긋나기 시작한 걸까?

"아⋯."

나도 모르게 목소리가 나왔다.

어느새 평범하게 대화가 이루어지고 있었다.

타카와시 덕분에 괜찮은 느낌으로 어깨에서 힘이 빠진 모양이다.

"왜 그래요? 나리히라 군."

"이 마네키네코, 정말로 복을 부르는 고양이일지도."

나는 마음속으로 타카와시와 귀엽게 못생긴 마네키네코에게 감사했다.

즐겁게 이야기를 나누다 보니 종점에 도착했다. 여기서 전철을 갈아탄다.

지상에 올라가자 마침 전철이 출발하기 1분 전이었다.

"타이밍이 굉장히 좋네요!"

"그러네. 고마워라."

시간이 촉박했기에 개찰구에서 가까운 차량에 올라탔다.

관광용인지 차량의 창문은 컸고, 좌석은 창문 쪽으로 회전할 수 있게 되어 있었다. 그런 자리는 이미 어린이와 관광객이 차지하고 있어서 앉기는 어려울 듯했다.

"키후네 신사는 머네요. 꽤 많이 타고 가야 해요."

"제법 오지니까. 절경을 보려면 산으로 가야 하는 거지."

여기서부터 30분은 더 걸린다. 다른 도시에 가는 감각이었다.

이 시간이 어쩌면 오늘의 최대 포인트일지도 모른다. 아까는 마네키네코 덕분에 극복할 수 있었지만 이번에는 승차 시간이 훨씬 길다.

만약 이야깃거리가 떨어져서 분위기가 이상해지면 어쩌나… 하는 두려움은 있었다.

나는 미리 찾아 뒀던, 키후네 신사 주변에 관한 인터넷 페이지를 열었다.

"안쪽에도 신사가 이어져 있고 커다란 바위를 모시고 있대. 파워스폿인 것 같아."

"아, 멋있는 풍경이네요! 800파워는 얻을 수 있겠어요!"

"그 단위는 뭐야…?"

"파워는 파워라고 할 수밖에 없어요. 파워스폿의 파워와 관련된 단위예요."

"그럼 예를 들어 후지산은 몇 파워 정도야?"

"1억 파워 정도죠."

"발상이 대충이야!"

아이카가 웃는 것을 보고 나도 웃었다.

다행이다. 아이카 쪽에서 어떻게든 이야기를 시작해 줬다.

이제 괜찮다. 눈앞에 있는 것은 생판 남이 아니다. 친구다. 영양가 없는 이야기여도 분명하게 즐길 수 있다.

"교토는 어딜 가도 산이 가깝지."

마치 노면전차처럼 천천히 흘러가는 차창을 보며 말했다.

"하치오지도 바로 옆에 산이 있지만요."

"아, 그러네…. 하치오지는 도쿄에서도 예외려나…."

듣고 보니 타카오산이 있었다.

"하지만 키후네 신사 쪽이 신비하다고 할까, 파워스폿이라는 느낌이 들어요~"

"그건 알 것 같아."

타카오산은 다 같이 즐겁게 오르는 산이라는 이미지가 강해서 독특한 분위기 같은 것은 없었다. 물론 장소에 따라 신비한 곳도 있겠지만, 전체적으로 탁 트여 있었다.

"키후네 신사는 1만 파워 정도는 있어요."

"그 단위, 진짜 잘 모르겠어. 아이카도 잘 모르지?"

무엇보다 키후네 신사에서 모시는 돌이 800파워밖에 안 된다고 말한 참이잖아.

"강 바로 옆에서 밥을 먹고 싶은데 그건 비싸겠죠?"

나는 준비해 뒀던 사이트를 바로 열었다.

"그게 말이지, 장소에 따라서는 1000엔이면 충분해. 강 위에서 먹는 게 아니라 가게 안에서 먹어야 하지만. 그리고 강에서 먹는 건 여름철 한정이야. 지금은 좀 춥지."

"와, 교토식 카레우동인가요!"

온 힘을 다해 아이카를 즐겁게 하자.

아이카에게 철저히 정성을 쏟는 거다.

진짜 데이트도 이런 식으로 하는 걸까. 여자 친구를 사귄 적이 없어서 모르겠지만, 상당한 정신력이 필요한 일이기는 했다.

전철은 천천히, 천천히 해발을 높였다.

점차 건물의 수가 줄어들고 밭이 눈에 들어오게 되었다. 목적지에 다가가고 있었다.

도중에 있는 대학 근처 역에서 젊은 승객이 제법 내렸다. 창문 쪽으로 난 자리가 비었다.

"나리히라 군, 우리도 앉아요!"

"아, 응. 괜찮지만, 나는 거리를 벌려야 하니까 서 있을게."

이럴 때 나란히 앉을 수 없는 것은 안타까웠다.

"아니에요, 조금 떨어져서 앉으면 괜찮을 거예요. 자, 나리히라 군도 앉으세요."

반쯤 강제적으로 아이카와 한 자리 떨어진 곳에 앉았다. 아이카의 상태가 안 좋아진 것 같다 싶으면 바로 일어나자. 나는 배낭에서 스틱 모양 과자를 꺼내 아이카에게 가져갔다.

"먹을래?"

"고맙습니다! 그럼 잘 먹을게요~"

신칸센에서 수행했던 미션이 도움이 되었다.

살면서 지금처럼 특정한 여자아이를 생각한 순간은 분명 없었다.

전례가 없다 보니 지금 이 감정을 어떻게 말로 표현하면 좋을지도 모르겠지만.

분명 나는 행복한 거겠지.

구름 위를 걷는 기분이었다.

가슴이 두근거려서 가만히 있을 수 없는 것과는 달랐다.

좀 더 몸이라고 할까 마음이 편안하고 따뜻했다.

이 기분이 무엇인지는 몰라도, 이 시간이 오래 이어지면 좋겠다고 진심으로 바랐다.

그런 내 바람과는 상관없이 창밖의 풍경은 밭에서 숲으로 바뀌었고 전철은 목적지인 작은 역에 도착했다.

관광지인 것치고는 조용한 역이었으나 그 조용함이 오히려 안락했다. 시끌벅적하고 와자지껄하면 기분도 무용지물이 될 테니까.

"기다리면 버스도 있는 것 같지만 모처럼이니까 걸어갈까요?"

역 앞 간판의 지도를 손가락으로 덧그리며 아이카가 웃었다.

"응. 피곤해지면 말해 줘."

화장실은 안 다녀와도 괜찮냐고 물어봐야 할지 고민했지만, 여기보다는 신사 근처의 가게가 더 깨끗할 것이다. 이 주변은 신사와도 떨어져 있고, 정말로 역만 달랑 있는 느낌이었다.

"그럼 출발이네요. 오~!"

아이카는 주먹 쥔 오른손을 앞으로 내밀었다. 그리고서 느닷없이 어린아이처럼 몇 미터를 투다다다 달려갔다.

"나리히라 군도 빨리 오세요!"

내가 잡을 수 있을 리도 없는데 아이카는 뒤돌아 손을 내밀었다.

"알겠어, 알겠어."

나도 조금 서둘러 아이카 쪽으로 향했다.

걸어가기로 한 것은 정답이었다. 길 바로 오른편에 청류(清流)가 보이기 시작했다.

"이건 음이온이 나오고 있겠네요."

"무슨 말을 하고 싶은지는 알겠어."

"마음이 예뻐지는 기분이에요."

"아이카는 원래 예뻐."

말하고 나서 조금 부끄러워졌다.

실수했다. '마음이'라는 부분이 빠지면서, 남자 친구라도 된 양 예쁘다고 말한 꼴이 되어 버렸다….

기분 나쁘지 않았을까…. 적어도 내가 판정하기에는 기분 나빴다….

봐, 아이카도 얼떨떨한 얼굴이잖아.

내 말은 확실하게 들린 모양이다….

"나리히라 군이 그렇게 말해 주니 기뻐요! 고맙습니다."

이 주변은 살짝 어둡지만 아이카의 웃음만큼은 훌륭하게 쾌청했다.

응, 아이카는 여기서 부끄러워하며 패닉에 빠지는 캐릭터가 아니었다. 그대로 받아들이고 고맙다고 말할 줄 아는 인간이었다.

"사실을 말했을 뿐인걸…."

민망하지만 그렇게 나쁜 기분은 아니었다.

아무것도 모르는 녀석이 본다면 커플이라고 여길 정도로 좋은 분위기이지 않을까.

"나리히라 군, 모처럼이니까 나란히 걸어요."

아이카는 언제나 웃는 얼굴이었다.

내가 '하지만 드레인이' 하고 정해진 대사를 말하기도 전에 아이카는 왼손을 도로 쪽으로 들었다.

"통행 차량이 그렇게 많지도 않으니 나란히 걸을 수 있어요. 차가 오면 아이카가 앞으로 나갈 테니까 나리히라 군은 길가로 와 주세요. 연계 플레이를 펼치면서 가요."

이렇게까지 말하는데 거절하는 것도 이상했다.

"응, 고마워, 아이카."

조금 거리가 과하게 떨어져 있는 것을 빼면 커플이라고 할 수밖에 없는 사태였다.

가능하다면 차가 안 왔으면 좋겠다.

이 상태를 유지하게 해 줘.

어쩌면 지금 이 순간이 내 인생에서 가장 리얼충 같은 시간일지도 모른다.

바로 옆에 친한 미소녀가 있고 단둘이 수학여행 시간을 보내고 있었다.

막 2학년이 됐을 때의 나라면 상상도 못 했을 일이었다.

그때의 나를 기준으로 말하자면, 시작하지도 않은 스포츠로 세계 대회에 출전하는 것을 꿈꾸는 것만큼 무리인 이야기였다.

혹시 몰라서 뺨을 꼬집었다.

꿈에서 깨는 일은 없었다. 괜찮다. 현실이다.

"고마워, 아이카."

자연스럽게 그런 말이 입에서 흘러나왔다.

"그거, 아까도 들었어요~"

아이카는 청류가 괜찮게 찍히는 위치를 찾아 스마트폰을 들었다.

"그거 말고 다른 것에 대한 감사 인사였어."

굳이 이야기할 만한 것도 아니지만, 아무튼 감사한 마음을 전하고 싶었다.

"아이카의 많은 친구 중에서 일부러 나를 골라 줘서 정말로 고마워. 덕분에 나는 최고의 수학여행을 보내고 있어. 초·중학교 수학여행의 흑역사 따위 전부 합쳐도 오늘 하루의 행복을 이기지 못할 거야."

"으음~ 그럼 안 돼요, 나리히라 군."

난데없이 아이카가 내 얼굴을 향해 스마트폰을 들었다.

아마 나는 얼빠진 얼굴이었을 것이다.

그때, 촬영을 의미하는 찰칵 소리가 울렸다.

"네, 찍혔습니다~ ♪"

"내 얼굴을 찍어서 어쩌려고…?"

오늘 하루 본 것 중에서 가장 짓궂은 표정으로 아이카는 한 장 더 나를 찍었다.

"이번에는 같이!"

그러더니 이번에는 드레인도 신경 쓰지 않고 내 바로 옆에 서서 오른손으로 나와 투샷을 찍었다.

촬영 후에는 바로 내게서 떨어졌지만.

그리고서 농담처럼 볼을 부풀렸다가 곧장 꺼트렸다.

"나리히라 군, 아이카는 하느님도 아니고 부처님도 아니에요. 아무한테나 이러지 않아요. 그러니까 나리히라 군의 감사는 빗나간 감사예요."

또 자학하는 버릇이 나왔던 것이다. 이쯤 되면 그냥 몸에 밴 수준이야….

"아이카는 나리히라 군이랑 같이 돌아다니고 싶어서 그러자고 제안한 거예요. 아이카에게도 고등학교 수학여행은 한 번뿐인걸요. 나중에 후회하는 건 그만두기로 했어요."

지당한 이야기였다. 아이카에게도 수학여행은 인생의 빅 이벤트다. 그저 나에 대한 자비심으로 낭비해도 될 만큼 무가치하지 않았다.

아까 내가 말했던 '고마워'는 '(보잘것없는 나를 택해 줘서)고마워'라는 의미였다. 그야말로 자학적인 발상이었다.

그러나 그 논리는 내 머릿속에서 비약을 만들어 내고 말았다.

그럼 나는 마지막 날에 함께 돌아다니고 싶은 생각이 들 만큼 아이카에게 특별한 건가?

하지만 물어볼 수 없었다.

나를 좋아하냐고 묻는 것과 크게 차이가 없었다….

차인다고 해서 비탄에 빠져 방구석에 틀어박힐 만큼 애초에 자기 평가가 높지는 않았다.

그래도 무서웠다….

그저, 그저 무서웠다.

이대로 있으면 행복할 터인 시간이 그렇지 않게 될까 봐 무

서웠다.

"나도 아이카가 오늘을 즐길 수 있도록… 노력할게."

내가 말할 수 있는 한계가 이쯤이었다.

"또 빗나갔어요. 어디까지나 아이카도 나리히라 군과 함께 즐길 거니까요."

역시 아이카의 표정은 그 옆에서 나란히 걷는 남자라 행복하다고 생각될 만큼 완벽했다.

응, 욕심내지 말자….

아이카와 관광할 수 있는 것만으로도 승리자다. 평온무사하게 수학여행을 끝내면 된다. 같은 반에 동성 친구가 없어서 고민하던 녀석이 연애로 고민하다니, 단계를 너무 많이 생략했잖아.

만약 고백받으면, 그때 일은 그때 가서 생각하기로 하고….

망상은 이쯤에서 그만두자. 신사에 참배하러 가는 길인데 이런 생각을 하면 벌을 받을 것이다.

역에서 1km쯤 걸으니 마침내 요리 료칸으로 보이는 건물이 강을 따라 나타나기 시작했다.

어느새 인구 밀도가 올라가서 길 양쪽으로 많은 사람이 걷고 있었다.

남녀 커플이 있는가 하면 여자 둘이서 내려오기도 했다.

"신사가 가까워졌네요."

아이카는 신이 나서 청류를 배경으로 준비된 평상을 촬영했다.

그리고 인터넷으로 실컷 본 그 광경이 눈앞에 나타났다.

계단 양쪽에 빨간 등롱이 쭉 늘어서 있었다.

매우 역사가 깊은 신사치고는 자기주장이 약했다. 거대한 기둥문이 있는 것도 아니었다. 참배길이 기념품 가게로 넘쳐 나지도 않았다.

강 맞은편 고지대 쪽으로 완만하게 계단이 이어져 있었다.

그런데도 그 리드미컬한 등롱이 아주 근사했다.

"포토제닉이란 건 바로 이런 걸 말하는 건가…."

여자들이 올 만했다. 내게 패션 센스는 없지만 이 신사가 센스 있다는 것 정도는 알 수 있었다.

"흐아아…."

아이카도 입을 반쯤 벌리고서 이상한 목소리를 내며 별로 가파르지 않은 계단을 올려다보고 있었다.

"역시 진짜는 다르네요."

가짜 신사는 별로 없을 거라고 태클을 걸 뻔했으나 그런 뜻으로 한 말이 아니겠지. 사진으로 봤을 때와는 다르다는 뜻이다.

"여기는 길도 좁으니까 아이카가 먼저 가. 나는 천천히 따라갈게."

"이왕이면 나란히 걷고 싶지만 내려오는 사람들도 있으니 그러는 편이 좋겠네요. 알겠어요!"

아이카는 하나하나 확인하듯 계단을 올라갔다. 계단만으로도 이렇게 사람을 감동시키다니 굉장했다. 교토의 위력을 느끼지 않을 수 없었다.

계단을 올라가자 인구 밀도는 최대가 되었다.

하지만 키요미즈데라처럼 번잡하지는 않았다. 적당히 활기가 있었고 정숙한 분위기마저 감돌았다.

여자 참배객이 더 많기 때문인지 신사까지 여성적이고 단아하게 느껴졌다.

"좋네요. 아이카, 장래에는 이런 곳에 살고 싶어요."

"그거, 확실히 말해서 통근하기 힘들걸. 그리고 밤에 걸어서 돌아오기 무섭지 않을까?"

"어디까지나 희망 사항이에요. 나리히라 군은 로망이 부족하네요~"

아이카는 짐짓 고개를 왼쪽, 오른쪽, 순서대로 기울였다.

확실히 찬물을 끼얹는 말을 했을지도 모르겠다. 이래서야 타카와시의 시답잖은 소리와 다르지 않았다.

"그러네. 오히려 이렇게 오기 힘든 곳에 점집을 세우면 잘 맞을 것 같아서 번창할지도."

"나리히라 군, 그건 너무 안이한 생각이에요."

이것도 틀렸나.

"로망이나 꿈의 경계를 모르겠어."

"그게 바로 여심이죠. 더 공부해 주세요."

평소보다 아이카가 더 편안해 보였다.

다른 사람들 눈에 우리는 훌륭한 커플로 보이겠지. 다소 거리가 떨어져 있지만 그 점은 애교로 넘어가자.

"아, 물에 담그는 운세 제비가 있어요."

아이카가 그야말로 여자들한테 인기 있을 법한 것을 발견했다. 물과 관련된 신사이고, 그런 것이 있어도 이상하지는 않다.

"해 볼래? 어차피 여기까지 교통비밖에 안 들었으니까."

"네! 해 봐요!"

아이카가 무녀에게서 물에 담그는 운세 제비를 하나 구입했다.

무녀의 수준도 높았다. 격식 있는 신사는 무녀 지원자도 많아서 오디션을 보고 예쁜 아이를 뽑는 걸까?

샘물이 흐르는 곳에 아이카는 운세 제비를 담갔다.

아무래도 장소가 장소다 보니 에리아스가 떠올랐다. 아무리 그 녀석이 물을 좋아해도 이런 곳의 샘물까지 체크하러 오지는 않겠지만.

글자가 조금씩 나타났다.

"나리히라 군, 뭐라고 적혀 있는지 읽어 주세요."

"왜 내가?"

"직접 읽는 건 긴장되거든요. 합격 발표 같아서."

돈을 내고 그렇게 긴장해야 한다면 사지 않는 게 좋지 않을까 싶지만, 입 밖으로 꺼내면 또 시답잖은 소리가 될 테니 말하지 말자. 이런 어트랙션 요소가 여자들에게 인기를 얻는 열쇠인 것이다.

물은 샘물인 만큼 꽤 차가웠다.

덕분에 몸이 깨끗해지는 기분도 들었다.

"어디 보자, 전체 운은 중길(中吉). 요약하면 뜻밖의 만남이 있을 거라고 적혀 있어."

"뜻밖의 만남이라니 뭘까요?"

"모르지. 그건 신에게 물어봐 줘."

어차피 빗나간다고 해서 소송이 들어올 위험도 없고, 문장을 생각하는 사람도 꽤 대충 짓지 않았을까.

"응. 나쁘지는 않네요. 그럼 안 묶고 가져갈래요."

"상관없지만, 축축하게 젖었어. 가방에 넣을 때 조심해."

"걱정하지 마세요♪"

아이카가 이쪽으로 손을 내밀어서 거기에 운세 제비를 올렸다.

이럴 때만 나와 아이카의 거리는 제로가 된다.

하지만 아이카는 갑자기 반대편 손을 올려 두 손으로 내 손을 감쌌다.

"나리히라 군의 손, 차가워졌어요~ ♪"

"어이어이, 드레인이 있으니까 이러지 않는 편이 좋아!"

드레인이 있다고 경고하면서 당황한 것을 감추고자 했다.

이건 실질적으로 손을 잡은 거잖아….

"잠깐 잡는 건 괜찮아요~ 아이카도 나리히라 군의 드레인을 예전보다 잘 알게 됐으니까요."

가볍게 내게서 떨어진 아이카는 운세 제비를 손수건 사이에 넣었다. 운세 제비 회수는 무사히 끝났다.

"이 운세 제비만으로도 부적 효과는 있을 것 같아요."

"신사 측에서는 부적도 따로 사길 바랄 테지만 말이지."

"신사는 돈보다 믿는 마음이 중요한 거예요. 아, 참배를 안 했네요! 이곳의 신께 인사를 드려야죠."

"아아, 그러네. 예의는 지켜야지."

사당 앞에서 천천히 머리를 숙이고, 손뼉을 치고, 다시 머리를 숙여 기도를 올린다.

무엇을 기도할까.

세계 평화? 너무 대충이다.

합격 기원? 아직 지원할 대학도 정하지 않았다.

무운장구? 무엇과 싸우고 무엇에 이기려는 건데.

아이카와 사이좋게 언제까지나 함께 있을 수 있기를.

'언제까지나'라니 무슨 소리야. 결혼하고 싶다는 말 같다.

나도 아이카도 행복하기를!

이거라면 전혀 문제없겠지. 신도 훌륭하다고 칭찬해 줄 것이다. 나로서도 이 정도가 딱 좋았다.

눈을 뜨고 옆에 있는 아이카를 보았다. 매우 진지한 표정으로 신에게 한창 기도를 올리고 있었다.

활기찬 아이카와의 갭에 무심코 넋 놓고서 보고 말았다. 진짜 무녀님 같았다.

천천히 눈을 뜬 아이카는 다시 한번 신사를 향해 가볍게 인사했다.

그 태도가 너무나도 어른스러웠다. 내가 친구를 만들려고 이리 뛰고 저리 뛰는 동안 아이카는 어른이 되어 버렸다는 생각이 들었다.

아이카가 이쪽을 보았다. 시선이 교차했다. 희미하게 아이카가 미소 지었다.

왠지 가슴이 아팠다.

"무슨 소원 빌었어요? 나리히라 군."

"인관연 멤버가 행복하게 해 달라고."

완전히 거짓말은 아닐 것이다. 나도 아이카도 인관연 멤버니까.

"아이카랑 비슷하네요."

아이카는 다시 한번 사당으로 얼굴을 돌리고서 작게 인사했다.

"아이카는 신께 소원을 빈 게 아니라, 나리히라 군과 에링을 만나게 된 것에 대한 감사 인사를 올렸어요. 두 사람 덕분에 아이카도 씩씩해질 수 있었다고요."

내가 생각했던 것보다도 아이카의 마음은 훨씬 순수했다.

"우리가 뭔가 했나…? 거의 아이카의 자력인 것 같은데…."

아이카는 내게 얼굴을 돌리고서 천천히 고개를 가로저었다.

"아이카도 줄곧 혼자였어요. 두 사람이 인간관계 연구회에 들어오지 않겠냐고 찾아와 준 날부터 모든 것이 바뀌었어요. 그 후에 에링과는… 싸우기도 했지만… 표창 집회 날에 도움을 받고… 더욱 친해져서…."

조금 말끝을 흐렸지만 다시 아이카는 활짝 웃었다.

"두 사람은 아이카의 운명의 사람이에요."

솔직히 말해서 '나리히라 군은'이 아니라 '두 사람은'이라고 말한 것에 안도했다.

겁쟁이라고 할까, 나답다고 할까.

"아이카에게 도움이 됐다니 영광이야. 여기 없는 타카와시의 몫까지 포함해서 말해 둘게."

"에링은 영광이라고 하지 않고 더 고마워하라고 할 것 같지만요."

"확실히 그러네."

팔짱도 끼고서 분명 그렇게 말하겠지.

"그리고 에링이 어제 아이카라고 불러 준 것도 잊지 않을 거예요."

"그 녀석은… 분명 지금 당장 잊어 주길 바라고 있겠지만…."

내가 부과한 미션은 상당한 임팩트가 있었던 것 같다….

"이 위에도 신사가 있는 거죠? 갈까요? 나리히라 군."

"으, 응…."

누가 이름을 불러 주는 것이 이토록 기뻤던 적은 없었다. 아이카가 타카와시에게 이름을 불리고 기뻐한 것도 이해가 갔다. 좀 더 불러 주길 바라게 된다.

고지대에 있는 사당에서 천천히 내려갔다. 1m 반 떨어져 있는 것이 지금은 고마웠다. 드레인이 없고 바로 옆에 아이카가 있었다면 평상심 따위 유지할 수 없었을 것이다.

인생에서 가장 리얼충 같은 시간이 갱신되었다.

이것을 넘어서는 일은 평생 없을 것 같다.

만약 있다면… 진짜 이대로 고백받는 경우겠지.

결국 가정의 영역을 넘지 못하는 이야기지만, 만약 내가 지금 아이카의 손을 잡는다면 아이카는 어떻게 할까?

상대가 타카와시라면 '기분 나쁘니까 손 씻을래'라고 말하고서 철저히 공격하겠지만, 가정으로라도 내가 타카와시의 손을 잡을 일은 없으므로 특별히 문제없었다.

드레인이 없었다면 나는 아이카에게 고백하자고 결심했을까?

그런 발상을 가진 인간은 아무리 시간이 지나도 고백하지 않겠지.

내게는 인관연이 더 중요하다. 그리고 인관연은 타카와시의 것이기도 하고, 아이카의 것이기도 하고, 시오노미야의 것이기도 했다.

아까 나와 타카와시를 만나게 돼서 다행이라고 말했을 때 보여 줬던 아이카의 얼굴이 머릿속에 남아 있었다.

정말로, 정말로 행복해 보이는 얼굴이었다.

그것을 엉망으로 망칠 수는 없었다.

아까 올라온 등롱 길과는 다른 쪽으로 걸었다. 이쪽 참배길이 안쪽 사당과 가까웠다. 키후네 신사를 둘러보는 시간은 아직 끝나지 않았다.

"저기, 나리히라 군. 잠깐 멈춰 줄래요?"

느닷없이 아이카가 그런 말을 꺼냈다.

물론 나는 그 말에 따랐다. 하지만 의도를 알 수 없었다.

우리는 아직 경내에 있었다. 자동차가 와서 위험할 일도 없었다.

아이카는 눈을 빠르게 깜박이고 있었다. 오늘 처음으로 아이카의 얼굴에서 웃음이 사라졌다. 아이카의 오른손이 가슴 부근에서 미덥지 못하게 갈팡질팡 움직였다.

어라? 이건 진짜로 고백 플래그인가?

지독하기만 했던 인생이었지만 마침내 완벽한 행복이 찾아오는 걸까?

아이카에게 고백받는다면 기꺼이 받아들이고 싶다고 할까… 호의적으로 검토하고 싶달까….

"나리히라 군, 잠깐 괜찮을까요?"

난감한 듯한 아이카의 표정.

"응."

평상심을 유지하며 그렇게 대답했다.

시간의 흐름이 느슨해진 것 같았다.

내 인생에서 특별한 일이 일어나려 하고 있….

"저기 있는 사람, 에링 아닌가요?"

망설이는 듯했던 아이카의 손가락이 우리가 향할 예정인 계단 아래를 가리켰다.

고백 같은 것이 아니었다! 창피해!

역시 자의식 과잉이었다!

하지만 수치심에 몸부림치고 있을 때도 아니었다.

아무튼 아이카가 말한 대로 타카와시가, 그리고 에리아스와 이신덴의 모습이 내 눈에도 보였기 때문이다.

타카와시 녀석, 나를 미행한 건가?!

그야 재미있기는 하겠지만 그럼 안 되는 거잖아!

타카와시가 보고 있다고 생각하자 가차 없이 현실로 돌아오게 되었다.

길게 뺀 줄자는 버튼을 누르면 촤르륵 돌아오지 않는가. 지금 내 심정이 딱 그런 느낌이었다….

고마워, 타카와시.

아니, 전혀 안 고마워.

너, 여기 오는 건 반칙이라고.

물리적으로 고립된 나의 고교생활

5 숨은 명소라고 생각해서 갔는데
상상 이상으로
사람이 많을 때가 있지

나는 곧장 스마트폰을 꺼냈다.

그리고 타카와시에게 LINE으로 메시지를 보냈다.

[너, 지금 키후네 신사에 있지?]

타카와시가 바로 스마트폰을 꺼내는 것이 보였다.

주위를 두리번거렸지만 우리를 알아차리지는 못했다.

대신 뭔가 입력하기 시작했다.

[어떻게 알았어? 혹시 미행 중이야? 스토커는 범죄야.]

즉각 책임을 전가했다….

[내가 할 말이야! 나랑 아이카를 쫓아온 거지?!]

[우연이야. 그레 군과 아야메이케가 어디 갈지 난 못 들었는걸. 물어보고 싶을 만큼 관심도 없고.]

그러고 보니 그랬다.

어디에 갈 것인지 나는 타카와시에게 한마디도 하지 않았다.

아침 일찍부터 나랑 아이카를 쫓아왔을 가능성도 없지는 않지만… 말미의 '물어보고 싶을 만큼 관심도 없다'는 독설은 아마도 본심일 것이다.

그럼 왜 여기에 온 거지? 심지어 에리아스뿐만 아니라 이신덴까지 같이 있고.

하지만 이곳은 여자에게 인기 있는 장소이니 이신덴이 가고 싶어 했어도 이상하지는 않았다. 타카와시는 이신덴의 요망에 따를 테고, 에리아스는 에리아스대로 물과 관련된 곳이라 가고 싶다고 할 것 같았다. 그렇게 생각하니 이곳에 올 가능성이 꽤 큰 3인조였다.

직접 물어보는 게 빠르겠지.

나는 계단을 뛰어 내려가 3인조에게 다가갔다.

"아, 나리히라 군. 안녕."

먼저 이신덴이 예의 바르게 인사했다. 다만 평소의 이신덴이 아니라 어른 버전 쪽이었다.

"아, 이능력을 쓴 건 미행하기 위해서야…. 이상한 뜻은 없어…."

이신덴 씨, 미행은 일반적으로 이상한 행위입니다.

그리고 세 사람 모두 사복 차림이라고 할까, 교복 차림은 아니었다. 타카와시는 소매 부분에만 꽃무늬가 들어간 검은색 셔츠를 입고 있었다. 에리아스는 후드집업을 걸치고 있었다. 이것도 '미행'을 위해서인가. 이신덴은 모습부터가 어른스러워져 있었다.

그럼 역시 나랑 아이카의 뒤를 밟은 것이 되는데….

"우왓! 왜 나리히라가 있는 거야! 스토커야…?"

3분의 2에게 스토커 취급을 받는 나는 대체….

하지만 나를 범인이라고 생각한 것을 보면 확실히 우리를 미행한 것은 아닌 모양이었다.

또한 나에 대한 스토커 의혹은 아이카가 합류하면서 바로 풀렸다.

"설마 너희도 키후네 신사에 와 있을 줄이야…. 숨은 명소라고 생각해서 사람이 집중되는 현상인가."

도쿄에 살면 이 현상은 자주 경험한다. 인구가 너무 많은지라 일반인이 생각하는 '숨은 명소'가 마구 겹쳐서 결국 북적이는 일이 많았다.

"여기 오고 싶어서 온 건 아니야."

에리아스가 기묘한 말을 했다.

"그럼 청류에 이끌려서 온 거야?"

"아니야! 나리히라는 어디에 있어도 무례하네!"

유난히 화를 냈다. 그렇게 무례한 말을 한 것 같지는 않은데….

"그것보다 왜 나리히라는 아야메이케랑 둘이 있는 거야…?"

의심한다기보다 불안해 보이는 에리아스의 시선이 이쪽을 향했다.

위험하다. 여기에 남녀가 함께 오면 당연히 그런 쪽으로 억측할 거야!

"설마 두 사람…… 그럴 리는 없나. 결국 나리히라니까."

"어이, 너, 짜증 나는 방식으로 납득했지."

명예를 잃은 대가로 추궁을 피했다. 살을 내주고 뼈를 취한 기분이었다.

"드리코, 지금은 그것보다도 미행 상대가 문제야. 너무 거리가 벌어지면 놓칠 거야."

타카와시의 한마디에 에리아스도 정신을 차린 듯했다.

"그랬지, 참! 학생회 인간이 관련된 일이라 감시하러 왔었어!"

학생회 인간이라는 표현 때문에 해당자의 얼굴을 떠올리는데 살짝 버퍼링이 생겼다.

"아, 다이후쿠인가! 그보다 진짜 미행하고 있었던 거냐…."

오늘 다이후쿠는 시오노미야와 둘이서 행동하고 있을 터였다.

에리아스가 고른 파르페 가게에서 다이후쿠는 대담하게도 시오노미야에게 둘이서 돌아다니자고 제안했다.

"다이후쿠 군과 시오노미야, 단둘이 키후네 신사로 향했어."

이신덴은 매우 즐거워 보였다. 미행을 엔터테인먼트로 삼았구나.

"사랑의 예감이 들어서, 신경이 쓰여서…. 하하하…."

하지만 본인도 윤리적으로 좋지 않다고 비평하는 마음이 있는지 그렇게 말하며 머리를 긁적였다.

"그리고 겉모습을 바꿀 수 있으니까 미행에도 적합하지 않을까~ 하는 마음에…."

완전히 유쾌범이다…. 이능력을 악용하고 있어….

그러나 덕분에 대충 어떻게 된 것인지 알았다.

다이후쿠는 시오노미야를 어디로 데려가려고 할까?

이왕이면 같은 학교 학생과 맞닥뜨리지 않을 만한 장소에 가려고 할 터다.

그리고 시오노미야는 어떻게 생각해도 다이후쿠보다 교토에 관해 더 자세히 알았다. 시가지에 있는 쉽게 갈 수 있는 관광지는 과거에 가 봤을 것이다. 시오노미야가 잘 아는 곳에 일부러 가 봤자 아무 소용도 없고, 분위기를 잡기도 어려우리라.

그럼 교토의 시가지에서 적당히 떨어져 있으면서도 여자들이 좋아할 만한 장소를 고르지 않을까?

그 결과, 키후네 신사가 된 건가….

훌륭하게 장소가 겹치고 말았다. 뭐, 아이카가 가고 싶다고 한 장소이니 역시 여자에게 인기 있는 곳이겠지. 다이후쿠는 그런 점을 놓치지 않으니까.

"같은 조의 여자가 둘이나 간다고 하면 나도 같이 갈 수밖에 없잖아. 마지막 날에 혼자서 교토를 관광하고 싶지도 않고."

타카와시가 팔짱을 끼며 말했다.

자신은 조금도 나쁘지 않다는 것을 전면에 내세웠다.

태도는 짜증 나지만 주장하는 바는 이해가 갔다. 이신덴이 가기로 했다면 이신덴의 친구인 타카와시도 따라갈 수밖에 없다.

"그렇다는 건 다이후쿠 군과 란란도 근처에 있다는 거죠? 어디요? 어디요?"

"아야메이케, 목소리가 커. 지금은 선태식물처럼 눈에 띄지 않도록 해야해."

눈을 반짝이는 아이카를 타카와시가 평소와 같은 뾰족한 말로 제지했다.

개인적으로 아이카의 기분이 확연하게 업된 것이 쓸쓸했다…. 나와 둘이서 여행하는 것보다도 다이후쿠와 시오노미야의 연애 관찰 쪽이 더 즐겁다고 말하는 것이나 마찬가지였다….

뭐… 여자는 연애 이야기를 아주 좋아하니까. 어쩔 수 없지….

편견이라고 혼날 것 같지만, 아이카의 표정을 보면 흥미진진한 마음을 훤히 알 수 있었고, 수학여행 마지막 날을 추적에 쓰고 있는 여자가 이곳에 여러 명 있었다.

"두 사람은 지금 더 안쪽에 있는 신사로 가고 있어. 일방통행이라, 들키지 않게 여기서 대기하고 있었지."

이신덴을 일반적인 여고생이라고 정의했었지만, 아마 일반적인 여고생보다는 훨씬 행동력이 있을 것이다.

"시오노미야에게 들키지 않을 자신은 있지만 메이드장이 만만치 않단 말이야. 뜬금없이 뒤돌아보기도 하니까. 전철에서는 앞쪽 차량에 타 줘서 들킬 위험이 적었지만."

타카와시는 머릿속으로 메이드장의 얼굴을 떠올리고 있는 것 같았다. 꽤 짜증스러운 표정을 짓고 있었다.

아무래도 우리보다 앞 시간대 전철을 타고 온 다이후쿠와 시오노미야(와 그들을 미행 중인 그룹)를 우리가 따라잡은 모양이었다. 같은 학교 학생과 마주치지 않게 빨리 출발했는데 다이후쿠도 똑같은 발상을 떠올렸던 건가….

저쪽은 우리보다 훨씬 데이트 같은 분위기고, 도중에 가게에서 휴식했더라도 이상하지 않았다. 오히려 데이트라면 여자의 페이스나 체력을 고려하겠지.

"그래서, 다이후쿠는 시오노미야를 잘 에스코트하고 있어?"

타카와시에게 물었다. 이 정도는 물어봐도 괜찮을 것이다.

"오히려 시오노미야가 키후네 신사와 이 근처의 전설에 관해 상세히 설명하고 있었어."

아아…. 그렇겠지…. 갈 곳이 확정된 시점에 시오노미야는 엄청나게 예습할 것 같아….

자, 그럼 나는 이럴 때 어떻게 해야 할까?

다이후쿠와 시오노미야를 생각한다면….

미행 같은 건 하면 안 된다고 여자들에게 주의를 줘야 할 것이다.

하지만 그러면 내게 '재수 없는 녀석'이라는 딱지가 붙는다. 100% 붙는다.

타카와시뿐만 아니라 에리아스도 있다. '패션 PC충'이라는 이상한 별명 정도는 타카와시가 붙일 것이다.

그러므로 미행하면 안 된다는 정론은 말할 수 없었다. 다수결에서 압도적으로 소수파이면 무슨 말을 해도 소용없다.

아이카와 함께 다니는 것을 최우선으로 삼는다면….

나는 아이카와 행동할 테니까 너희는 마음대로 하라고 말해야 한다.

하지만 이것에도 큰 문제가 있었다.

매우 높은 확률로 우리에게도 미행이 붙게 된다….

필시 괜한 의심을 받게 될 것이다. 에리아스도 아까 나랑 아이카가 미심쩍다고 생각했던 것 같고.

게다가 아이카도 다이후쿠와 시오노미야가 신경 쓰이는 것 같았다. 지금도 에리아스에게 뭔가 질문하고 있었다. 나도 신경이 쓰이기는 했다.

위와 같은 조건을 따져 봤을 때, 내가 할 수 있는 것은.

여자들과 함께 행동하는 것뿐….

미행을 눈치챈 다이후쿠가 뭐라고 한다면 싹싹 빌어야겠지만… 너희랑 같이 행동하기 싫으니까 전철역으로 돌아가겠다고 말하는 것도 너무 모난 행동이다….

인생은 온갖 가능성이 준비되어 있는 것 같아도 그때마다 택할 수 있는 것은 한정되어 있었다.

"아이카, 어차피 목적지도 같은 모양인데 다 같이 안쪽 사당으로 갈까?"

같이 미행하자고는 말하지 않았다. 어차피 하는 일은 같지만, 목적지를 변경한 것도 아니니까 너그럽게 봐줬으면 좋겠다.

"그래요! 이 앞은 파워스폿이라는 것 같고, 아이카도 흥미가 있어요."

아이카는 체육 대회에서 하는 응원처럼 오른손을 번쩍 들었다.

"아이카의 파워스폿 단위로 따지면 신사 쪽이 훨씬 파워가 높았지만 말이지…."

"그건, 그러니까… 시간이나 계절에 따라 변해요."

"파워스폿이라는 개념이 점점 수상쩍어지고 있어."

"고지식하게 따지지 말기로 해요!"

아이카가 즐겁게 말했다.

아무리 심한 왕자병에 걸린 녀석이더라도 이 상황에서 어쩌면 고백받을지도 모른다는 생각은 하지 않을 것이다. 그런 분위기는 물거품이 되어 사라졌다.

"슬슬 추적을 재개해야 해. 계속 가만히 있으면 너무 멀어질 거야."

"내가 먼저 갈게. 나 혼자 걷고 있는 걸 보더라도 눈치채지 못할 테니까!"

겉모습을 바꾼 이신덴이 관여하니 진짜로 이능력을 악용할 수 있을 것 같아서 미묘한 기분이 든다…. 그리고 아무렇지도 않게 부하를 감시하는 부회장이라니, 그건 좀 아니지 않아?

이제 나도 모르겠다. 우리도 참가하게 됐으니 공범이다. 검게 물드는 것이다. 나는 나쁘지 않다고 어필하지 말자.

이신덴이 빠른 걸음으로 출발했다.

잠시 후, 에리아스와 타카와시의 스마트폰에 알림이 왔다.

"[두 사람과는 거리를 뒀어. 이쪽으로 와도 돼]라네. 가자."

타카와시가 말하니 진짜로 스파이 같았다. 너무 잘 어울렸다.

"참고로 나는 들키지 않게 이런 걸 준비했어."

에리아스가 안경을 장착했다. 부회장이라 그런지 생각보다 잘 어울렸다.

"너, 원래 안경 썼던가?"

"어제 100엔숍에서 샀어. 변장용이야."

안 쓰는 것보다는 나을지도 모르지만, 오히려 미행하러 왔다는 확실한 증거가 되지 않을까. 그보다 이 녀석은 어제부터 미행하려고 벼르고 있었구나….

타카와시가 나직이 '거유 가정교사, 타츠타가와 드리코'라고 말했다.

"이상한 소리 하지 마! 가정교사라는 설정은 어디에서 나온 거야!"

얼굴이 새빨개진 에리아스가 빽 소리쳤다. 미행이 들키는 것 이전에 시끄러워서 주위에 민폐였다.

타카와시가 이상한 말을 한 탓에 안경 쓴 에리아스가 뭔가를 가르쳐 주는 모습이 머릿속에 떠올랐다. 덧붙여 타이트스커트를 입고 책상에 앉아 있는 모습이었다.

응… 그럭저럭 잘 어울려…. 나쁜 것은 어디까지나 타카와시다.

"꽤 수요가 있을걸?"

"무슨 수요! 자, 빨리 가자!"

확실히 목적을 잊어버릴 뻔했다.

우리도 완만한 경사로를 나아갔다. 안쪽 사당까지 가서 참배하는 인간은 한정되어 있는지 인구 밀도는 아까보다 낮아졌다.

점포의 수도 줄어들었다.

미행 부대의 스마트폰에 또 알림이 도착했다.

"사진이 첨부되어 있어. 둘이서 인연을 맺어 주는 사당 쪽으로 걸어가고 있어."

에리아스가 이신덴의 메시지를 보여 주었다.

확실히 다이후쿠와 시오노미야의 뒷모습이 찍혀 있었다.

그 옆에 있는 희끄무레한 그림자 같은 것은… 일순 심령사진인가 싶어서 불안해졌으나 단순히 흔들려서 찍힌 메이드장이었다. 메이드장이 카메라에 찍힌 것부터가 괴기 현상이라는 기분도 들지만 너무 깊이 생각하지 말기로 하자.

더 걸어가서 이신덴과 합류했다.

"이 근처에서 대기하자. 접촉할 위험이 있으니까. 두 사람이 이 앞으로 가면 내가 뒤를 쫓을 테니 너희는 지정된 장소에 있어 줘. 이 안쪽에는 사당밖에 없고 거기서 길이 끝나거든. 들키지 않는 곳에 숨어서 돌아오는 두 사람을 보내야 해."

"이신덴, 기합이 잔뜩 들어가 있구나…."

앞자리 여학생의 뜻밖의 일면을 이 수학여행에서 상당히 많이 보고 있었다.

"정열이 있다는 건 정말 멋진 일이야."

타카와시의 한마디는 비아냥인지 아닌지 판단하기 어려웠다. 이신덴에게 한 말이니 비아냥이 아닐 거라고 생각하고 싶지만, 이 녀석은 상대가 친구여도 아무렇지도 않게 비아냥거릴 것 같단 말이지.

"하지만 이대로 가면 아무런 문제도 없겠어."

에리아스가 안도한 얼굴이 되었다.

"다이후쿠도 지금까지는 그런대로 성실하게 에스코트하고 있는 것 같고. 연애가 어떻게 될지는 모르겠지만, 지금 두 사람은 양쪽 다 즐겁지 않을까?"

그 표정을 보고 조금 마음이 편해졌다.

우리가 하고 있는 일은 어디까지나 지켜보는 것이지 방해가 아니었다. 가담하고 있는 내 마음도 가벼워졌다.

다이후쿠에게는 달갑지 않은 참견이겠지만….

지금 여기서 모두 모이게 된 것에 문득 이런 생각이 들었다.

이렇게 될 운명이었던 거겠지.

운명의 빨간 실이 아니라 하얀 실이라든가 파란 실이라든가, 아무튼 빨간색 이외의 실로 맺어져 있었던 것이다. 인관연과 에리아스와 이신덴, 그리고 나랑 아이카도.

이따금 이신덴이 다이후쿠와 시오노미야의 사진을 보냈다.

그 모습은 어떻게 봐도 커플이었다. 타인이 그저 나란히 서 있는 것과는 전혀 달랐다.

그리고 들키지 않을 만한 장소에서 우리는 되돌아올 두 사람을 몰래 기다렸다.

여름철 이외에는 봉쇄되어 출입 금지일 터인 강가 쪽 계단에 있기로 했다. 엄밀히 따지면 불법 침입이겠지만, 들어가지 말라든가 사유지라는 말은 한마디도 적혀 있지 않으니 용서해 줬으면 좋겠다….

나랑 아이카는 계단에, 나머지 주모자 세 명은 평상으로 완전히 내려갔다. 나랑 아이카는 들켜도 변명할 수 있었다.

결과적으로 내가 다이후쿠와 시오노미야의 얼굴을 보게 되었다.

두 사람은 서로 상대의 얼굴만을 보고서 이야기하느라 내가 있다는 것을 조금도 알아차리지 못했다. 뭐, 범죄자도 아니고, 누군가 자신들을 쫓아오고 있을 것이라고 생각할 리가 없으니 당연한가.

두 사람의 거리는 서로 손이 닿을 듯 가까웠다.

가슴이 따끔했다.

두 사람의 거리는 몇 센티미터일까. 나는 평생 실현할 수 없는 거리였다.

드레인이 연애의 족쇄가 된다는 것을 머리로 알고는 있었지만, 내가 아는 두 사람이 이토록 가까운 것을 보니… 분명하게 말해서 부러웠다.

"나리히라 군, 애달픈 얼굴을 하고 있어요."

아이카에게 그런 말을 듣고 말았다.

"어? 진짜?! 아니, 그냥 드레인을 가진 자로서 두 사람은 가까이 다가갈 수 있어서 좋겠다고 생각했을 뿐이야!"

무심코 변명이 나왔다.

"그런가요. 아이카는 단순히 두 사람이 커플처럼 보여서 부러워요."

아이카, 그 말에는 뭔가 깊은 의도가…… 있을 리 없나.

커플을 보고 부러워하는 것은 아마 남녀를 불문하고 만국 공통일 것이다. 현재 다이후쿠와 시오노미야가 커플이라는 증거는 어디에도 없지만.

연애 방면으로 이야기가 깊어지지 않아 안도하면서도 한편으로 낙담했다.

타카와시의 독설을 기다릴 것도 없이 근성이 옹졸하다는 자각도 있었다.

수학여행 중에 베개 싸움도 했고 관심 있는 여자에 대한 이야기도 했다. 그 점에서는 대성공이었으나 아직도 내게는 문제가 산더미였다.

내 드레인은 사라지지 않는다.

그것은 나 자신뿐만 아니라 내가 좋아하게 된 사람조차 행복하게 할 수 없다는 뜻이다.

고등학교에서 애인을 사귀는 녀석들은 다들 좋아하는 사람을 행복하게 해 줄 수 없을지도 모른다는 갈등을 극복한 걸까.

그렇다면 탄복할 수밖에 없지만, 나보다는 허들이 낮았을 것이다.

평범한 고등학생이 되려고 노력했으나 그 탓에 오히려 평범한 고등학생이 될 수 없다는 사실이 확실해지고 말았다….

나는 계단을 내려가 평상에 있는 대기조에게 갔다.

"두 사람이 지나갔어."

"그럼 내가 나설 차례구나. 맡겨 줘! 돌아가는 길에는 뒤돌아보는 일도 더 적을 테니까 안전해!"

이신덴은 남의 연애를 훔쳐보며 인생을 매우 충실하게 즐기고 있었다.

"저기, 이신덴. 내가 할 말은 아니지만 이건 수학여행이니까…. 스파이의 현장 훈련이 아니라…."

"하지만 나, 이래저래 이 주변을 관광하고 있어."

"덴짱은 조금 욕심부려서 계획을 세우는 경향이 있어."

타카와시까지 비판에 나섰다….

"이야~ 이능력이 도움이 된다고 생각하니까 신이 나서. 평소에는 이능력을 쓸 일이 거의 없잖아."

짐짓 머리를 긁적이는 이신덴.

"나도 덴짱이 분위기에 잘 휩쓸린다는 걸 수학여행을 통해 잘 알았어."

말만 보자면 독이 강하지만, 그 말투는 타카와시가 누군가를 공격할 때 쓰는 말투가 아니었다. 친구를 향한 부드러운 말투였다.

"엔쥬, 너무 가차 없어! 그럼 일하고 올게!"

이신덴이 내 옆을 씩씩하게 달려가 계단을 올라갔다. 발랄했다.

"앞으로 인관연에서 사랑의 큐피드 일도 할까?"

이건 타카와시 나름의 조크라고 생각하고 싶지만, 얼굴이 진지해서 알아보기 어려웠다.

"에링, 나이스 아이디어예요!"

아이카, 딱히 이런 시시한 발언까지 칭찬하지 않아도 돼.

"아야메이케는 역시 안목이 있구나."

"아, 아이카라고 불러도 돼요~"

"미안, 뭐라고 했는지 잘 안 들렸어. 사랑의 큐피드는 영혼의 위계가 낮은 인간의 말을 이해하지 못할 때가 있거든."

굉장해. 진지한 얼굴로 안 들린다고 하면서 실례되는 말까지 덧붙였어….

"너는 굳이 따지자면 큐피드라기보다 사탄이겠지."

"내가 화살을 가지고 있었다면 사살했을 거야."

역시 화살을 무기로 쓰고 있잖아.

"정말 너희 인관연은 호흡이 딱딱 맞는구나. 전생에 기사와 말과 가신 같은 관계였던 거 아니야?"

에리아스의 비유에는 엄격한 주종의 서열이 있었다. 그리고 분명 내가 말이겠지.

"그런가? 드리코와 그레 군의 관계만큼은 아니야. 두 사람 다 절묘하게 이것저것 꼬인 부분이 똑같잖아."

타카와시가 거침없이 말했다.

"나리히라는 몰라도 나는 꼬이지 않았어. 무엇보다 구체적으로 뭐가 꼬였다는 거야…?"

에리아스는 오른손으로 뺨을 긁적였다.

"자의식."

"그런 건 안 꼬였어!"

내 의견은 말하지 않겠지만, 정의의 편이 되고 싶었다고 했던 에리아스는 나와는 다른 장르에서 꼬여 있기는 했다.

"계속 여기에 가만히 있는 것도 좋지 않으니 길 쪽으로 올라가자."

관광객이 왕복하는 길에서 기다리고 있자 이신덴에게서 또 연락이 왔다.

"산으로 들어갔다나 봐."

타카와시는 스마트폰을 체크하며 역 쪽으로 내리막길을 걷기 시작했다.

산이라고 해서 처음에는 어디인가 싶었으나 이내 해당하는 곳이 머릿속에 떠올랐다.

"아아, 키후네 신사 앞에 쿠라마데라 쪽으로 올라가는 길이 있었지. 두 곳 모두 들르는 사람도 많아."

쿠라마데라(鞍馬寺)도 키후네 신사와 마찬가지로 이 근처에서 메이저한 관광지였다.

산길을 조금 걸어야 하기에 아이카와 함께 갈지 말지는 상황을 보고 판단하기로 했지만 후보에 넣기는 했었다. 다이후쿠가 일정에 넣지 않았더라도, 어제 시오노미야의 모습을 미루어 보건대 모처럼 왔으니 쿠라마데라에도 들르고 싶다고 했을 것 같다.

"마침 잘됐네요! 아이카, 쿠라마데라도 보고 싶어요. 텐구*가 있는 곳이죠?"

"아야메이케, 일단 말해 두겠는데 마스코트처럼 언제나 텐구가 있는 건 아니야. 진짜 텐구와는 만날 수 없어."

타카와시가 지극히 당연한 말을 했으나, 아이카의 반응을 보건대 운이 좋으면 진짜로 텐구와 만날 수 있다고 생각했던 모양이다….

"죄송해요. 아이카라고 부르지 않으면 안 들려요."

아이카도 어제 일로 타카와시를 놀릴 셈인 듯했다. 히죽히죽 웃으며 타카와시의 얼굴을 보고 있었다.

※텐구 : 일본의 요괴. 일반적으로 얼굴이 붉고 코가 길며 날개가 있어 하늘을 날 수 있는 이미지로 그려진다.

"명백하게 들리잖아."

타카와시는 퉁명스럽게 굴며 도망칠 셈인지 곧장 시선을 피했다.

태도는 학교에 있을 때와 크게 차이 나지 않지만, 아이카 쪽에서 제법 공격해 오니 아무래도 대응하기 쉽지 않은 듯했다. 역학 관계가 예전과 달라졌을지도 모른다.

"다이후쿠 녀석, 산을 올라서 적당한 피로감과 성취감을 시오노미야에게 주려는 건가. 그렇게 해서 연애 감정을 가지고 있다고 착각하게 만들려는 거야. 그 녀석, 은근히 책사네."

에리아스의 사고방식에는 악의가 있는 것 같기도 하지만, 등산 데이트 같은 것도 있으니 발상이 그렇게 빗나가지는 않았으리라.

걷기 싫어하는 여자를 여기저기 데리고 다니면 심사를 불편하게 만들 우려도 있는 모양이지만, 시오노미야는 오히려 다이후쿠를 끌고 다닐 듯하니 그 점은 걱정하지 않아도 됐다. 어제 시오노미야가 발안한 루트로 이미 체험도 끝냈다.

"좋네요~ 흔들다리 효과, 아이카도 경험해 보고 싶어요."

"그레 군, 흔들다리에서 떨어져 보지 않을래?"

"왜 내게 자살을 제안…."

"이신덴이 빨리 오라고 LINE을 보냈어. 서두르자."

내 태클은 무시당한 채 우리는 후다닥 점포 골목을 내려갔다.

오늘 키후네 신사에 온 참배객 중에서 우리가 가장 정신없는 집단이었을 것이다.

이윽고 쿠라마데라 쪽으로 올라가는 길이 왼편에 보이기 시작했다.

여기서부터는 명목상 절을 배견하는 것이 되기에 게이트에서 입장권 같은 것을 사야 했다. 하지만 가격은 저렴했기에 불만은 없었다.

한동안 계단을 올라갔다. 꽤 급경사였다….

조금 올라가자 휴식 장소에서 이신덴이 기다리고 있었다.

"이 페이스로 가면 두 사람을 따라잡을 수 있어. 힘내!"

"따라잡으면 안 되지만 말이지…. 그건 그렇고 힘이 넘치는구나…."

에리아스는 녹초가 되어 있었다. 이 녀석은 그다지 체력이 좋지 않았다.

"분명 다이후쿠 군은 인적이 없는 곳을 찾고 있을 거야. 느긋하게 있을 수 없어!"

"이신덴, 다이후쿠는 그런 불미스러운 짓을 할 녀석이 아니야."

여기선 친구로서 변호해야 했다…. 모든 남자가 늑대인 것은 아니고, 그렇게 무섭지 않은 늑대도 많았다.

"아, 그렇게 불미스러운 일을 상상한 건 아니야…. 그저 조용한 곳에서는 좋은 분위기가 될 것 같아서…."

내가 헛다리를 짚었던 모양이다. 이신덴이 얼굴을 붉혔다.

아차. 저질러 버렸나…. 여자밖에 없는 곳에서 이런 이야기는 하기 힘들었다. 아웃과 세이프의 경계를 파악하기 어려웠다.

"마음이 음흉한 녀석은 남들도 그런 생각을 하고 있다고 가정해 버리지."

타카와시가 싸늘한 눈을 하고 있었다. 시선은 나와 맞출 수 없기에 알기 어렵지만.

"그건 그러니까… 광의적인 불미스러운 짓을 말한 것으로…."

"근데 나리히라는 다이후쿠랑 그런 얘기 한 적 있어?"

에리아스가 더더욱 쓸데없는 질문을 했다.

"없어! 이상한 말 하지 마."

"남자끼리니까 없지는 않겠지. 료칸에서 밤에 분명 무슨 얘기를 했을 거야. 우와, 상상하니까 좀 그렇다…. 남자들이란…."

타카와시가 가차 없이 오물을 보는 시선을 힐끔힐끔 보냈다. 힐끔거리는 것은 시선을 오래 맞추지 않기 위해서일 것이다.

"멋대로 애먼 상상을 하고서 멋대로 경멸하지 마…."

아무래도 이 수학여행에서 에리아스는 타카와시와 연계하여 공격하는 구석이 있었다…. 이 두 녀석이 힘을 합치면 상당히 위협적이었다.

"나리히라 군은 신사였어요~"

아이카의 그 두둔에 가슴이 덜컥했다. 기쁘기도 했지만, 그 것 때문에 또 의심을 살 것 같아서….

다만 그러기 전에 화제가 바뀌었다.

"응! 휴식 끝! 서두르자!"

이신덴이 몇 걸음 앞으로 나가며 우리를 재촉했다.

완전히 이신덴이 여자들의 리더가 되어 있었다. 외양도 어른 모드이고, 딱 적절한 역할이었다.

이신덴의 통솔하에 우리는 쿠라마데라로 가는 하이킹 코스를 나아갔다.

우리만큼 불순한 동기로 걷고 있는 참배객도 찾아보기 힘들 것이다. 참배하러 가는 것조차 아니었다. 그나마 커플 쪽이 건전했다.

"이 일체감, 좋네요~"

여정이 갑자기 변경되었으나 아이카는 전혀 개의치 않는 것 같았다. 안심이 되는 반면, 다소 기분이 복잡하기도 했다.

응, 에리아스와 이신덴도 있지만 이건 인관연으로서의 단체 행동이었다.

"일체감이라는 표현에는 물음표가 붙지만, 역시 우리는 어딘가 닮았을지도 모르겠어."

쑥스러웠는지 타카와시는 짐짓 어이없다는 어조로 말했다. 수학여행 마지막 날을 이상하게 쓰고 있기는 했다.

앞장서서 걷던 이신덴의 발이 멈췄다.

타카와시와 에리아스의 스마트폰에 천천히 오라는 메시지가 바로 전달되었다. 슬슬 이신덴이 프로 스파이로 보이기 시작했다. 정말로 장래 공안에 취직하게 될지도 모른다.

이신덴이 등산로를 벗어나 몸을 숨겼다.

타카와시가 이신덴 옆에 섰다. 나는 타카와시와 떨어진 곳에 진을 쳤다. 아이카와 에리아스는 우리의 후방에서 보고 있는 것 같았다.

정면이 다소 트여 있었는데 그곳에 다이후쿠와 시오노미야의 모습이 있었다.

작은 불당도 있고, 휴식하기에는 최적의 장소일 것이다. 심지어 두 사람 이외의 관광객도 (잠복 중인 우리를 제외하면) 없었다.

그리고 메이드장은 시오노미야의 바로 뒤에 있었다. 메이드장도 다이후쿠를 배려하고 있는 걸까.

다이후쿠의 말에 시오노미야가 웃었다.

참으로 정다웠다.

내가 이상적으로 생각하는 고등학생의 모습이라고 해도 좋앉다.

물론 일단 외톨이에서 탈출하고 동성 친구를 만드는 등의 가까운 목표부터 클리어해야 한다는 것은 알고 있다.

하지만 최종적으로는 내가 먼저 여자에게 제안하여 즐겁게 여행을 하고 싶었다.

아이카와는 즐겁게 돌아다녔지만, 그건 역시 아이카 덕분이고 아이카가 날 도와준 면이 강했다.

"저기, 시오노미야한테 하고 싶은 얘기가 있어."

그렇게 다이후쿠가 말했다.

그리고서 다이후쿠는 손뼉을 짝짝 쳤다.

장소가 장소다 보니 신에게 인사라도 한 건가 싶었다.

그게 아니었다.

다이후쿠가 손뼉을 친 직후, 수풀이 부스럭부스럭 소리를 냈다.

설마 들켰나?!

일순 핏기가 싹 가셨으나 그것은 기우였다.

수풀 안에서 나온 것은 커다란 까마귀였다.

그 밖에도 몇 마리가 까악까악 울며 날아와 다이후쿠 옆에 늘어섰다.

까막스피크—까마귀와 의사소통할 수 있다는 다이후쿠의 이 능력이었다.

쿠라마데라라고 하면 텐구가 유명하고, 텐구라고 하면 까마귀 텐구라는 말이 떠오른다. 연결 고리가 없지는 않지만.

"저기, 이 까마귀분들은 뭔가요?"

시오노미야도 의도를 파악할 수 없었는지 그렇게 물었다. 까마귀한테까지 경칭을 붙이는 것이 시오노미야다웠다.

다이후쿠의 가느다란 눈이 크게 뜨였다.

보기 드문 표정이지만 그 얼굴은 무척 진지했다.

"시오노미야, 나, 다이후쿠 보쿠젠은 너를 좋아해. 사귀어 줘. 이 까마귀들에게 맹세코 거짓말이 아니야."

더듬거리지 않는 훌륭한 고백이었다.

그리고 내가 살면서 처음으로 직접 본 진짜 고백 장면이었다.

"너의 올곧은 삶의 방식에, 세이고제에서 보여 준 용기에, 남을 배려할 줄 아는 상냥함에 반했어. 너와 함께라면 둘이서 살아갈 수 있을 것 같다고 생각했어. 부탁할게!"

다이후쿠가 시오노미야를 향해 머리를 숙였다.

마치 영화 같았다.

홀린 것처럼 보고 말았다.

진짜 고백 장면은 이토록 숭고하게 느껴지는 건가.

당연히 다이후쿠는 배우가 아니다. 까마귀와 교류할 수 있는 이능력자라는 점을 제외하면 지극히 평범한 고등학교 2학년생이다.

그래도 지금, 다이후쿠는 틀림없이 특별한 존재가 되어 있었다.

다이후쿠와 시오노미야가 세계의 중심이 되어 있었다.

누군가 내 옷을 잡아당겼다.

바로 옆에 타카와시가 와 있었다.

"돌아가자."

타카와시는 나와 시선이 마주치는 것도 서슴지 않았다.

"시오노미야의 대답을 듣는 건 놀이 차원을 넘어서는 일이야."

시선을 오래 마주할 수는 없었기에 내 쪽에서 눈을 돌렸다.

"그러네. 네 말이 맞아."

"덴짱도, 그래도 되지?"

타카와시의 얼굴은 내 반대쪽에 있는 이신덴에게 향했다.

"응. 도를 지나쳤을지도. 이 이상 있으면 안 되겠지."

우리는 급하게, 그러나 매우 신중하게 그 장소를 이탈했다.

시오노미야의 대답도, 그 후 두 사람의 대화도 다행히 듣지 않을 수 있었다.

상황에 휩쓸릴 뻔했던 것을 막아 준 타카와시에게 고마워해야겠지.

만약 섣불리 시오노미야의 대답을 들어 버렸다면 성가신 죄책감을 짊어져야 했을 것이다.

돈을 냈던 게이트까지 다시 돌아왔다. 입산 요금을 받는 사람은 우리가 올라간 방향에서 돌아온 것을 조금 이상하게 여기는 얼굴이었다.

"타카와시, 이런 부분에서 도리를 지키는 건, 그러니까… 훌륭했다고 생각해."

완전히 하산하자 새삼 타카와시의 결단이 실감되기 시작했다.

그리고 내가 동맹자로서 타카와시를 신뢰하고 있는 이유도 알았다.

"내가 당하고 싶지 않은 일을 남에게 하는 건 기분 좋은 일이 아니잖아."

"그럼 구석에 처박힌 생쥐라고 그만 불렀으면 좋겠어."

"알겠어. 기하학적이고 선적인 초기 충동이 느껴지는 구석에 처박힌 SF 게슈탈트 붕괴 와비사비 생쥐."

아, 오히려 악화된 진화형을 떠올리게 하고 말았다…. 근데 그렇게 긴 별명을 잘도 기억하고 있네!

이신덴은 너무 도가 지나쳤다고 반성하고 있는 것 같았지만 에리아스가 어깨를 툭툭 두드려 위로했다.

"그 두 사람이 모른다면 아무런 문제도 없어. 그러니까 그렇게 신경 쓰지 않아도 돼. 만약 들킨다면 나도 다이후쿠의 상사로서 사과할게."

"응, 고마워, 타츠타가와…. 나, 폭주해 버렸어…."

뭐, 돌이킬 수 없는 일을 저지른 것은 아니니까 머지않아 시간이 기억을 풍화시켜 해결해 줄 것이다.

우리는 길을 내려가 키부네구치역을 향해 걸었다.

"아이카, 아직 시간이 있으니까 시센도에 갈래? 꽤 멋있는 곳이라는 것 같아."

"좋아요~ 아이카도 궁금, 아! 아!"

아이카가 타카와시의 얼굴을 가리켰다. 그러자 타카와시도 아차 하는 얼굴이 되었다.

완전히 무방비하게 아이카라고 말해 버렸다!

타카와시도 좋지 않은 상황이라고 생각했는지 고개를 숙이고 말았다. 얼굴을 안 보여줄 속셈이구나.

"방금 그건 얼떨결에 말한 거야…. 실수했어…."

실수로 취급하는 거구나….

"에링, 역시 너무너무 좋아요!"

"게슈탈트도 같이 갈래? 어차피 한가하지?"

"어이, 어물쩍 내 별명을 이상하게 정착시키려고 하지 마!"

"아까 그건 너무 기니까. 이편이 자연스럽잖아."

이 녀석, 나를 공격해서 민망함을 잊으려는 작전에 나섰구나. 얼굴은 평소와 같은 싸늘한 표정으로 돌아와 있었다.

"그럼 게슈 군은 어때요?"

아이카가 이상한 제안을 했다.

"좋네, 절지동물 중에 그런 이름 있을 것 같아."

"인간에게 절지동물 같은 별명을 붙이지 마."

초기 인관연 멤버 세 명은 쿵짝이 잘 맞았다.

아이카가 타카와시에게도 고맙다고 말했던 것이 떠올랐다.

분명하게 말해서 나랑 아이카가 단둘이 있을 때보다 밸런스가 좋았다. 확실하게 좋았다.

자, 그럼 에리아스와 이신덴을 끼워 다섯이서 수학여행의 라스트 런이다.

물리적으로 고립된 나의 고교생활

⑥ 수학여행의 끝은 독특한 분위기가 있지

다이후쿠가 고백하는 모습을 목격한 우리는 관광지 몇 곳을 보고서 집합 시각보다 한 시간 이상 일찍 교토역에 돌아왔다.

이신덴이 '번화가에서 기념품이라도 보지 않을래?'라고 제안했지만 타카와시는 어제 집에 보낼 선물로 신센구미 옷과 목도리를 사서 배송했다며 거절했다.

타카와시가 산 물건은 거시기하지만… 우리도 어제 선물을 골랐기에 역으로 돌아가게 되었다. 어차피 역 앞에도 기념품을 살 곳 정도는 있고.

그리고 덧붙이자면 외톨이는 시간에 여유를 가지고서 행동하지 못했다.

흔히 만화 등에서 지각할 듯하여 뛰는 학생이나 애초에 지각 확정인 학생이 묘사되지만, 그런 스릴 넘치는 일을 할 수 있는 것은 외톨이가 아닌 녀석뿐이다.

고등학교 1학년 때는 수다 떨 상대가 전무했기에 1교시 시작 직전에 등교했으나, 그건 타이밍을 완벽하게 재서 그 시간에 맞춘 것이기에 지각한 적도 없고 허둥거린 적도 없었다. 이른바 프로의 기술이었다.

1년 전은 떠올리지 말자…. 순연한 흑역사다….

아무튼 우리는 교토역에 제일 먼저 도착했다.

보죠 선생님도 어이없어했다.

"좀 더 즐겨도 되지 않니? 무지막지하게 일찍 왔어…."

"그게… 절도 있게 행동하다 보니 이렇게 됐네요."

보죠 선생님은 기념품으로 보이는 종이봉투를 잔뜩 들고 있었다. 얼마나 산 거야. 다른 학년 선생님들한테 선물을 사 가는 역할이라도 임명받은 걸까.

"나리히라 군 덕분에 즐거운 수학여행이 됐어요! 고맙습니다!"

아이카는 양손 검지를 뺨에 대고 웃으며 내게 말했다.

엄청나게 귀엽지만, 너무 귀여워서 오히려 작위적인 구석이 있었다. 이것이 사심 없이 자연스럽게 나온 행동이라면 이미 인간의 영역이 아니라 숭배 대상이었다.

"도중부터 상당히 이상한 방향으로 가 버렸지만 즐거웠다면 바라던 바야."

그에 반해 내 대답은 너무 딱딱했다….

"응응, 수학여행을 만끽했다면 다행이야. 선생님은 교원이

된 뒤로 수학여행 같은 건 이미… 어이쿠, 횟수를 말하면 나이
가 탄로 나지….”

지금, 생각보다 큰 숫자를 말하려고 했죠?

세이고는 교사도 학생과 마찬가지로 대체로 1학년을 담임한
다음 해에 2학년 담임으로 올라가는 일이 많다고 들었다. 그래
서 수학여행도 대략 3년에 한 번꼴로 경험할 터였다.

그러므로 예를 들어 교사가 된 뒤로 수학여행을 세 번 갔다
면 약 9년 전후의 교사 생활. 너무 깊게 생각하면 선생님이 화
낼 것 같으니까 잊어버리자….

“아, 맞다. 타카와시, 친척 오빠한테 아무것도 못 들었니? 단
체 미팅 날짜가 정해지면 연락하겠다는 문자가 온 뒤로 반응이
없는데….”

정말로 타카와시한테 친척을 소개받은 건가…. 그래도 되
나? 그러면 안 될 것 같은데.

“좀처럼 시간을 낼 수 없는 모양이지만, 송년회 느낌으로 12
월쯤에 한 번 열 수 있지 않을까 검토 중인 것 같아요. 조금만
더 기다려 주세요.”

친척을 제물로 바치는 타카와시의 방침도 변함없이 이어지
고 있는 듯했다.

곧잘 잡일에 동원되는 듯한 언니도 동생이 타카와시인 운명
을 원망하길.

아마도 지금쯤, 어떻게 취급하면 좋을지 곤란한 교토 선물이 택배 서비스로 도쿄로 향하고 있을 터였다.

그 후 아이카는 같은 반 여자와 합류하겠다면서 다시 지하철을 타고 시가지 쪽으로 북상해 버렸다.

아이카와 단둘이 어떻게 될지 온갖 사태를 상정했던 셋째 날은 좋게도 나쁘게도 깔끔하게 끝났다.

시간이 남아돌았기에 나는 집에 사 들고 갈 선물이라도 찾을까 하여 가게를 구경했다.

사실 선물을 찾는다는 것은 구실이었다. 어제 커다란 기념품 가게에서 이미 과자를 샀으니까.

혼자 있고 싶었다.

다이후쿠의 고백을 보고 받은 충격이 여전히 남아 있었다….

'시오노미야, 나, 다이후쿠 보쿠젠은 너를 좋아해. 사귀어 줘.'

친구라고 생각했는데 그 녀석은 나보다 훨씬 굉장한 녀석이었다. 나는 10년이 지나도 그런 흉내를 낼 수 없을 것 같다…. 어쩌면 평생 불가능할지도 모른다….

"고등학생이 절임 반찬 코너 앞에서 사색에 잠겨 있는 거, 단적으로 말해서 이상해."

타카와시는 측면에서 말을 걸어오는 구석이 있는데 이번에도 그랬다.

"사색에 잠겨 있는 거 아니야. 물색하고 있을 뿐…."

"아직 시간이 있으니까 조금 걸어 다니지 않을래?"

혼자 있고 싶었지만 사색에 잠겨 있는 것처럼 보이기도 싫었다. 동맹자인 타카와시라면 혼자 있는 것과 크게 차이가 없을 것 같고.

"그래, 좋아."

기뻐하는 표정을 짓는 것도 이상했기에 담백하게 대답했다.

타카와시는 역의 북쪽 출구로 나가 큰길 쪽으로 걸어갔다. 교토 타워가 있는 부근이었다.

역의 소란이 약간 잦아든 곳에서 타카와시가 입을 열었다.

"수학여행의 반성회를 하자. 미션은 어땠어?"

"그런 용건일 줄 알았어."

일단 동성 친구와 수학여행을 즐기는 것은 성공했다.

첫날에 베개 싸움도 했고, 이건 타카와시도 합격점을 줄 것이다. 남자들끼리 여자 이야기를 한 것은… 무덤까지 가지고 가자….

"흑역사가 되지 않아서 다행이네."

무뚝뚝한 얼굴로 타카와시가 말했다.

"부정적인 부분부터 평가하지 마."

활짝 웃으며 '굉장해! 성장했구나!'라고 말했더라도 세뇌를 받은 건가 의심했겠지만.

"타카와시 너도 아이카라고 무사히…."

"그 이야기를 할 거라면 그런대로 각오해야 할 거야."

아, 이건 깊이 파고들면 안 되는 녀석이다. 눈이 진심이야.

"알겠어, 그건 건들지 않을게…. 그 외에는 이신덴과도 잘 지냈고, 아무 문제도 없지 않아?"

이신덴과 완전히 단짝 같은 사이가 된 것은 나도 직접 봤다.

"아직 여고생의 평균보다 친구의 수가 적긴 하지만, 그 점을 제외하면 너는 여고생다운 여고생 페르소나를 획득했다고 생각해."

"페르소나는 가면 아니야? 왜 일시적인 모습인 거야."

어라, 잘못된 표현을 썼나…? 역시 남자보다도 여자와 하는 커뮤니케이션이 훨씬 어려웠다.

하지만 타카와시는 하늘을 올려다보듯 얼굴을 들고서 이렇게 덧붙였다.

"그러네. 일시적이야. 그건 내가 나인 이상 바뀌지 않아. 그레 군도 설령 장래에 리얼충 같아지더라도 리얼충의 탈을 쓴 그레 군일 뿐일 테니까."

뭐야, 내 표현이 정답이었잖아.

"맞아. 외톨이의 시점에서 사물을 보는 버릇은 분명 영원히 사라지지 않을 거야."

"하지만 이런 건 공부와 마찬가지로 입문할 때가 가장 어려워. 그 부분을 돌파해 버리면 어떻게든 돼. 이신덴… 덴짱과 함께라면 언제든 나는 여고생처럼 지낼 수 있게 됐어."

타카와시는 패기 없는 목소리로 남의 일처럼 말했다.

좀 더 재미있게 교토 거리를 걸으라는 생각도 들지만, 나와 둘이 있을 때 그렇게 즐거운 기분 상태가 되라고 하는 것도 가혹한 일일지도 모른다. 그리고 이것이 타카와시의 뉴트럴이었다. 내 앞에서 나들이 분위기를 풍겨도 싫다.

"초반에는 잘 읽히지 않았던 소설이 페이지 수가 절반을 넘어가면서 단숨에 속도가 붙은 적 없어?"

"있어."

친구라는 단어를 쓰지 않기 위해 타카와시가 비유 표현을 사용하고 있다는 것은 대충 짐작이 갔다.

나에게도 타카와시에게도 아직 친구라는 말은 특별했다. 아무리 친구라고 부를 수 있는 존재가 생겼어도 당장은 바뀌지 않는다. 불과 반년 전에는 친구가 있는 자신의 모습 따위 상상도 할 수 없었으니까.

타카와시는 성큼성큼 북상을 이어갔다. 걸음이 빨랐다. 수학여행을 온 학생이라기보다 지역 주민의 분위기가 강했다. 나도 드레인의 효과가 미치지 않을 거리를 신경 쓰면서 걸어갔다.

역에서 도망치듯 북상하던 걸음은 신호에 걸려 멈췄다.

"이어서 그레 군과 아야메이케에 관한 건데."

거기서 타카와시가 그 이야기를 꺼냈다.

어디선가 나올 거라고 예상은 했기에 당황스럽지는 않았다.

"이건 친구 만들기를 넘어선 그레 군의 사생활이니까 아무것도 물어보지 않을게. 인관연은 어디까지나 외톨이를 회피하기 위한, 즉, 친구를 만들기 위한 활동이니까."

감정이 전혀 보이지 않는 모습으로 타카와시는 말했다. 그 태도가 타카와시 나름의 최선이라고 생각했을 것이다.

타카와시는 결코 선량한 인간은 아니지만 성실했다.

건드리지 않기를 원하는 부분이 어디인지를 총명한 타카와시가 모를 리 없었다. 그렇기에 의도적으로 건드릴 때도 있지만… 지금은 나를 동맹자로 봐 주고 있을 것이다.

"걱정하지 않아도 돼. 아무 일도 없었어."

밝히지 못할 일은 없었기에 나는 그렇게 대답했다.

"하지만 두 사람과 만나서 방해했다는 자각은 있으니까."

미안한 짓을 했다고 생각하고 있는 걸까.

거기서 타카와시와 만나지 않았다면 나와 아이카는 어떻게 됐을까?

전혀 모르겠다고 말할 수밖에 없지만, 타카와시와 만나면서 스위치가 바뀐 것은 사실이리라.

타카와시는 똑바로 도로 끝을 보고 있기에 어떤 얼굴을 하고 있는지는 알 수 없었다.

"내일, 사과할게."

"사과할 거면 지금 해…."

또 타카와시의 시답잖은 말로 이야기가 넘어갔다. 그것에 안심이 되기도 했다.

신호가 초록불로 바뀌었다. 타카와시는 망설임 없이 걷기 시작하더니 다시 나보다 조금 앞서 나갔다.

"너, 어디까지 가려고?"

"절 근처까지."

이렇게 절이 많은 동네에서 대체 어느 절을 말하는 건가 싶었으나, 엄청난 규모의 절이 왼편에 나타났다.

"만약 협력이 필요하다면 조건에 따라서는 도와주겠지만."

타카와시는 이쪽을 돌아보지 않고 그렇게 말했다.

'그건 나와 아이카 사이를 응원한다는 거야?'

그렇게 물어볼 수가 없었다.

내 안에서 아이카와 사귀고 싶다는 결론은 나오지 않았기 때문이다.

하지만 줄곧 인관연 안에서 아이카와 친구인 채로 있고 싶다고 단언할 수 있는지 묻는다면… 어딘가 망설임이 남아 있었다.

'좀 더 확실히 해!'라고 질책하는 자신과 '확실히 해도 될 리가 없잖아!'라고 질책하는 자신이 마음속에 공존하고 있었다.

동성 친구를 만들고 수학여행도 극복했더니 이번에는 여자 친구 문제인가.

최종 보스를 쓰러뜨렸더니 진짜 최종 보스가 등장한 것 같다.

어떻게 하면 좋을지 짐작도 안 가!

"협력은 필요 없어. 터무니없는 대가를 요구할 것 같아."

나는 그렇게 말하며 얼버무렸다.

"그래?"

타카와시는 짧게 그렇게만 대답했다. 어떤 의미인지는 파악할 수 없고, 타카와시도 맞장구 이상의 의미 따위 담지 않았을지도 모른다.

나와 타카와시는 경내에 들어가 불당에 참배하고 역으로 돌아갔다.

인간관계에 관한 이야기는 어느 쪽이든 더는 하지 않았다. 어떤 의미에서 스스럼없는 친구 사이 같았다.

역을 나섰을 때와 비교하면 세이고 학생이 제법 늘어나서 시끌벅적하게 이야기하고 있었다.

이 모습을 보면 세이고의 수학여행은 큰 말썽 없이 끝난 모양이다.

★

돌아가는 신칸센은 교토에 올 때와는 딴판으로 조용했다.

이유는 단순했다. 깨어 있는 인간이 더 적었기 때문이다.

여행의 피로는 여행이 끝날 때 가장 강하게 나타난다. 모르는 거리에서 며칠을 보내는 것이니 눈에 보이지 않는 스트레스도 있다. 집에 간다고 생각하는 순간, 그러한 것들이 찾아온다. 그래서 자고 있는 녀석이 많았다.

노지마 군과 오오타도 폭풍 수면 중이라고 해도 좋을 상태였다.

아까 과자를 주려고 보러 갔더니 오오타는 얼이 빠진 모습으로 입을 벌리고 있었다. 도쿄역에 도착해서야 정신을 차릴 듯했다.

두 사람에게도 신세를 많이 졌다. 두 사람이 같은 조가 되자고 말해 주지 않았다면 숙소에서의 추억은 중학생 때의 흑역사와 큰 차이가 없었을지도 모른다. 학교에 돌아가면 다시금 고맙다고 인사하자.

나도 깨어 있기는 했으나 차가 든 페트병을 쥔 채 멍하니 있었다. 피로가 주의력을 산만하게 만들었다. 지금 시험을 치면 실수를 연발할 것 같았다.

수학여행을 끝내고 돌아가는 길에 과자 교환은 필요 없다. 공부가 됐다. 더는 이 지식을 쓸 기회도 없지만.

어쩔 수 없이 대용량 초콜릿 과자를 가끔씩 입에 넣었다.

이번 수학여행을 전체적으로 채점하자면….

80점은 되었다.

참을 수 없이 시시한 지옥의 시간 같은 것은 없었다. 남자와의 사이에 있던 벽도 무너뜨린 것 같다. 거북이걸음이어도 나는 또 성장할 수 있었다.

하지만….

나는 이미 어두워져 경치가 보이지 않는 창밖을 내다보았다.

이럴 때는 드레인 때문에 박스석을 독점할 수 있는 것이 고마웠다. 타카와시가 사색에 잠겨 있다고 말했던 것도 사실일지 모른다.

사랑에 애태우던 것은 아니지만, 풀리지 않은 의문이 머릿속에 떠올랐다.

아이카는 왜 나보고 둘이서 돌아다니자고 했을까?

확실히 인관연이 모이는 시간은 있었다. 파르페 가게에 가서 인관연 멤버 전원이 파르페를 주문했고, 그 후에 기념품도 골랐다. 인관연으로서 보내는 시간은 분명하게 둘째 날에 있었다.

여태까지의 아이카라면 셋째 날도 인관연끼리 어딘가 가자고 말할 법하지 않은가.

생각해 봤자 답을 알 수 있을 리도 없건만 생각하게 된단 말이지….

나는 들고 있던 페트병의 뚜껑을 땄다.

그것을 왼손에 들고 이마에 맞췄다.

아아, 이래선 안 돼! 여기서 끙끙거리며 고민하면 예전과 다름없잖아!

스마트폰을 꺼냈다.

생각해도 알 수 없다면 물어보자!

이 신칸센 어딘가에 아이카가 있다.

교토로 가는 열차에서 타카와시와 이야기했던 것처럼 연결 통로로 와 달라고 하면 답은 바로 나온다.

걱정하지 마. 어차피 아이카도 그렇게 깊은 의도는 없었을 터. 그걸 내가 멋대로 확대 해석해서 고민하고 있을 뿐이겠지.

부딪치고 깨지는 거다.

인간은 하루 만에 영웅이 될 수 없다. 하지만 얼간이 짓을 그만둘 수는 있다.

이대로 도쿄에 돌아가면 어차피 나는 뭐라고 이유를 갖다 붙여서 궁금한 것을 모르는 채로 두려고 할 거야!

그렇게 LINE으로 아이카에게 메시지를 보내려고 했을 때.

인관연 채팅 그룹에 연락이 왔다!

너무나 절묘한 타이밍이라 스마트폰을 떨어뜨릴 뻔했다.

시오노미야가 보낸 메시지였다.

[사적인 일이라 죄송스럽지만, 1호차와 2호차 사이의 연결 통로로 와 주실 수 있을까요?]

아이카에 관한 것은 중단이다. 아무리 궁금해도 모두가 합류했을 때 겸사겸사 물어볼 수는 없었다. 나도 그렇게까지 눈치 없는 인간은 아니었다.

내 자리는 연결 통로와 가까웠다. 답장을 보낼 것도 없이 나는 통로로 향했다.

구석에 몸을 숨기듯 시오노미야가 서 있었다. 메이드장이 있기에 눈에 띄었지만.

"아, 하구레 군. 빨리 오셨네요."

시오노미야는 억지로 웃으려고 하는 것처럼 보였다.

아담한 그녀가 한층 더 작게 느껴졌다. 불러냈을 정도이니 상담할 일이 있을 것이다.

메이드장은 어째선지 통로의 벽 쪽을 보고 있었다. 시오노미야와 메이드장이 싸워서 불러낸 거면 좋겠다. 메이드장에게는 미안하지만, 그렇다면 그다지 심각한 이야기가 아니니까.

곧장 타카와시도 와서 내가 뭔가를 물어볼 기회는 없었다.